做个清风朗月人

康娜 —— 著

中国华侨出版社
·北京·

图书在版编目（CIP）数据

做个清风朗月人 / 康娜著 . —北京：中国华侨出版社，
2019.5
ISBN 978-7-5113-7819-4

Ⅰ . ①做… Ⅱ . ①康… Ⅲ . ①散文集－中国－当代
Ⅳ . ① I267

中国版本图书馆 CIP 数据核字（2019）第 057320 号

做个清风朗月人

著　　者：康　娜
责任编辑：刘晓燕
责任校对：孙　丽
经　　销：新华书店
开　　本：670 毫米 ×960 毫米　1/16 开　印张：16　字数：193 千字
印　　刷：河北省三河市天润建兴印务有限公司
版　　次：2019 年 6 月第 1 版
印　　次：2024 年 5 月第 2 次印刷
书　　号：ISBN 978-7-5113-7819-4
定　　价：44.00 元

中国华侨出版社　北京市朝阳区西坝河东里 77 号楼底商 5 号　邮编：100028
发 行 部：（010）64443051　　　传　真：（010）64439708
网　　址：www.oveaschin.com　　　E-mail：oveaschin@sina.com

如果发现印装质量问题影响阅读，请与印刷厂联系调换。

人一步步往前走着，不知不觉小半生过去，就变成了墙根儿下一朵自开自落的闲花，或是村落里一间寂寂无言的老屋，什么都看惯了，什么也都能装下。

风闲物美，依然有痴恋、有深爱、有坚守，但没有了执着心，那些空阔和高远也都落了下来，粗茶淡饭、布衣素手，浣衣、煮饭、扫尘、莳花、惹猫、遛狗，以最自然的状态度日，生活真真切切、实实在在，内心倒也无比安稳妥帖。

曾想，日日相见的文字实是一场与自己内心的对话，心急之时口不择言，就少了些意思和韵味儿，也像是在绣花，若一针一针细细地绣，针脚就不会太差，即便作品越来越少，但少而精，也不觉有遗憾。

或许有一天，一个字也写不出来了，但希望多少年以后翻阅旧卷，不会惭愧得想要一把火烧掉它，而是岁月渐长，它同你一道经历雷电、风雨、刀劈、斧钺、泥泞、荆棘、鲜花、簇拥……依然会散发光芒，充满力量，那才真的是好。

人也变得越来越没出息，断不想立于高楼繁华处，家乡的山野漫漫、炊烟飘摇，与内心的声音相接，总想要隐到乡下、遁进山里去，如南宋蒋捷所云："只把平生，闲吟闲咏，谱作樵歌声。"和那里的田野、土地、雨水、虫鸟、花草、乡土风物混杂在一起，像一片树叶、一个花瓣，美也美了，败也败了，随后腐烂，埋进土里，来年，又是灿烂的一季。

山野多彩，一阵风吹过，它就绿了，又一阵风吹过，它又黄了，我见青山多妩媚，料青山见我应如是，完整的全局，精致的细节，处处引人入胜。我是常在这山里散步的，看看青草繁茂，树木葳蕤，蜂舞蝶飞，如果走累了，就停坐在小径旁的青石上，听风一缕缕穿过山林的呜呜声，看面前树木上的叶子一片又一片前仆后继地下落。

最缠绵老家的一处四方庭院。一棵古老的槐树，几株素淡的小花，我常在午后沏一壶茶，懒懒品着，或坐在藤椅上打盹儿，享受着泻露在小院东墙上的暖阳，听鸟雀在树间鸣叫，枝头有花瓣轻轻坠落肩头，四时风景，用取由心，任悲喜流淌、尘嚣渐远。

朴实的乡人也格外亲切，脸庞黧黑的农人们戴着草帽、打着赤膊，在莽莽绿野间挥汗，大婶大妈挎着菜篮子，衣角扫过露水，趁晨凉在地里采摘茄子、西红柿、黄瓜、丝瓜、豇豆，不一会儿，叮里咣啷、炊烟袅娜，那是日常最醉人的烟火。

门口来了推着小车、放着瓦罐卖豆腐脑的，笼布和盖子揭开，冒着腾腾热气，眯着眼睛吹开罩人的热气，用小铁勺舀了两勺白玉般细嫩的豆腐脑，盛放在青花图案的喇叭头碗里秃噜着，撒点黄豆葱花香菜，佐以醋香油盐巴，两块钱一碗，乡里人就是稀罕那个味儿。

门口树根下拴的两只羊肚子吃得圆滚滚的。挤羊奶的老婆婆头顶蓝色手帕，用褐色的树干般的手指揉着羊奶包，一下一下把乳白色的羊奶捋进奶瓶，乳浆顺着瓶子肆流而下，形成好看的伞状的幔，婆婆将挤好的奶用纱布过滤，坐在水锅里，架柴烧开。水咕嘟着，揭开锅盖，漂着奶皮的瓷碗乳香荡漾，婆婆一口口喂给自己的孙儿喝。

集市上，苜蓿、香椿、野蒜、苋菜等野菜都被捆成一小把一小把地出售，地摊上是廉价衬衣、拖鞋、皮带，炸油糕油条的店家向人招徕，骑电动车、自行车、步行的人们穿梭来去、市场风尘仆仆又热气腾腾，那种鲜活生动的画面，就是欢喜两个字，是俗世里的好。

闲来无事的乡里人聚在村口、天井、大门外、后院，三三两两、三五成群，讲一些东家的长、西家的短、庄稼的长势，搓麻将，逗小孩，腌萝卜，睡大觉，纳鞋底儿，言白如水，语浅如溪，仿佛在煮一壶清茶，茶是山中的茶，水是山泉的水，都用小火细细地烹着，平常的日子，因为有了这些家长里短、风雨闲话，似乎也变得格外有味儿。

桃花、杏花、梨花、大丽、红苕、拐杖、木槿都一季季开着，伴三声鸡鸣，两声狗吠，风说来就来，雨说下就下，但都来得正好，是恰好的美。人们抱柴、生火、煮饭、浣洗、纳凉、取暖，在烟火缭绕的日常琐碎里独享天地、日月、江河、星空，在属于自己的光阴中感受这触人心怀的美、品尝对尘世的无限深情。

人在世上走这一遭，要么折腾生活，要么被生活折腾，曾经想要逃离的，最后拼命回归，曾经热切追求的，最后设法摒弃，终其一生，都是在给心寻找一个安顿的地方，曾经地动山摇的经历，变成了云淡风轻的过往，曾经平淡无奇的日常，却成了人生里最难舍的滋味。

多年以后，回首风烟往事，鹅黄嫩绿、绿瘦红肥都过去了，碧树流云、清风朗月，在细水流长的日子里，与花低首相见，与清茶低眉承欢，原来花无香、茶无色，只把闲书低吟，把锦字浅唱。

目录
Contents

第一卷

生之所往，
不过良风年年

「 日长如小年 」

屋顶积雪在太阳照射下逐渐消融。

晶亮雪水顺着屋檐滴滴答答噼里啪啦急促地落下来，形成一帘雨幕。打在土地上，在地面行成一个水涡，溅起的水花和荡开的涟漪，像妇女浮晕般丰满圆润，此消彼长。

下雪不冷消雪冷，乡野的空气更加清新凉爽，串串水链子不停落下来，打在砖头上邦邦邦，打在塑料纸上咚咚咚，打在空的铁罐头瓶上当当当，像是奏响一场动听盛大的音乐。

未清扫的背阴处，积雪很厚。一堆堆的雪沤在树下滋养着树的根系。浓重的白霜盖住了屋瓦、草丛、田埂、原野。堆在路边的雪色变黑，成了脏雪，碧绿的麦地，白雪覆盖，一块一块，一坨一坨，不规律地散在田地里，如地图上的大洲大洋。

柴堆上的雪已经所剩无几，只留着些洇湿的印痕，棉花秆和劈好的柴禾整齐地堆放在房檐下，多余的红砖青瓦也一摞摞放得整整齐齐。

雪是村庄最好的装扮。冬季的村庄是一幅淡淡的水墨画，深褐色的树木静静伫立，满怀心事，不声不响。

柴娃叔家年轻的母狗豆豆又生了一窝小狗，挨挨挤挤吱吱呀呀叫着。这是它生的第二窝小狗。暑假期间，我曾抱走了一只雪白的可爱活泼的小狗，取名糖豆儿，可惜不慎丢失，寻找了一夜，第二天回来就口吐白沫，小小的身体由热渐凉。听到信息后我眼圈就红了，忍不住撕心裂肺地哭了一阵子，心里埋怨着粗心的家人，难过得几天睡不着觉，发誓今后再不养狗了。但看见一些新生的小花猫喵呜喵呜叫着心又痒痒起来，小猫在各家各户蹿来蹿去，看见生人就停下来，警惕地观察着，见它来院子转悠，我就赶紧转身回屋拿馍掰碎了唤它来吃，可小猫一见我就像看见怪物一般翘着漂亮的尾巴飞快逃遁了。

一只白色的鸽子领着六只黑色的鸽子站在屋顶最高处，左右张望，忽地扑棱棱从房顶起飞，响着鸽哨成群结队飞向空中，一圈又一圈在空中盘旋，翅膀拍打得啪啪作响、强劲有力。还有几只不知名的鸟儿站在电线上，似一个个黑色逗号，忽而从黄昏里的红色的太阳前飞过，构成一幅美丽动人的画面。

父亲指着门口高高的榆树让我看，说前段时间，见花喜鹊衔来了破棉絮、树枝、草叶，在咱家树上造窝了。可不是，那么高的树杈上一个又大又扁的喜鹊窝稳当当地架在那里。每天清晨，喜鹊都会蹦蹦跳跳地叫着报喜。父亲说，喜鹊筑巢做窝，都选避风向阳处，藏风聚气，村里人都以喜鹊为凤。喜鹊是吉祥的象征，被村里人当作"喜鸟"，会带来喜事。

地刚翻过，大块大块土疙瘩铺在宽广厚实的田野里，母亲说，十一月金，腊月银，正月上粪糊弄人。现在正是腊月时节，趁闲着，该给庄稼施肥了。其实，现在村里除我家外，大多土地都被征用了，种上了白皮松或是果园。原来忙活的农人都在家窝冬，看电视，老人坐在热炕上抹花花，年轻人坐在矮凳上择菜，拾掇烧锅煮饭。

有些家院子里放着厚实的树根、锯子、斧头等物什，树枝、柴禾堆了满地，准备用来冬季和年关取暖、做饭。马上到了年根儿，家家户户开始大扫除，清理屋前屋后，准备春联、鞭炮、年货，粉刷墙壁、置办新衣。

村里的乐队班子也组织起来了，敲锣的，打鼓的，拉二胡的，吼秦腔的，一人手里拎个大水杯，把茶沏得酽酽的，聚拢到村委会旁边的活动场，在长凳子坐下，家伙什哐里哐啷一响，台子就搭起来了。村里人人都能吼两句唱，父亲声音嘶哑，最拿手的是《周仁回府》，母亲腔调缠绵凄婉，最爱唱《三滴血》，看戏的人不在少数。

如今村里的路也修好了，"村村通"定时发送，机动三轮车、小汽车在路上穿梭，人们去县城购物、采买都方便很多。和大城市相比，这里依然陈旧、闭塞、落后，但这里有蔬菜生长，瓜果飘香，风吹稻田，阡陌交通，鸡犬相闻……淳朴乡风和农人，耕种，怡然自得。

在远离城市的乡野山林，人们就像罗大经在《鹤林玉露》所描述的那样，生长和采摘共生，饲养和食用共存，入目的是苍苔、落花、松影；

入耳的是鸟声、泉声、笛声；入口的是泉水、苦茗、笋蕨，而入心的则是活在世上的惬意与满足。饮食起居简淡清苦，人的内心却轻松快乐，脚踩在这块土地上踏实而安稳。

山静似太古，日长如小年，结庐在人境，而无车马喧。谁不向往一处自然清新、充满生趣的逃世之地，拂去一身尘埃，在民宅火炉旁的呛人烟雾中伫立、徘徊，这小小的村落，眼里能看到小径旁的野草、野花，鼻腔也时不时充斥着炊烟或粪肥的味道，耳中会听到烧柴的噼啪声，傍晚时分四处传来的狗吠声，雨后鞋底沾满厚厚的黏土烂泥……竟都让人牵肠挂肚、难以割舍。

我喜欢在这清淡的薄雾里，穿上母亲纳的千层底布鞋，素衣轻简，款款而行，此时山间野花遍开，晨风轻扬，世间的一时一刹，大壮阔与小欢喜，皆属于自己。

「 心中一粒飞鸿 」

　　天降大雪，雪厚盈尺，我正拿着一厚沓文件去复印。刚刚学会使用微信的父亲发来小视频。

　　视频上，母亲穿着又厚又长的棉衣，正在扫院外路面的积雪，秃而硬的扫帚在雪地上划出一道道极深的痕迹，母亲扭转身体时显得笨拙滑稽，她的身后，是披挂着厚实白衣的田地、杂草、藤架和树木，天地一色，静谧清凉，雪继续大片大片落下。

　　此时我在的城市里，雪不情不愿地仅仅落了薄薄的一层。我开玩笑发语音过去："爸您怎么不干活，自己玩手机，让妈一个人扫雪？"

　　父亲明显不高兴，像个孩子般要母亲做证，他把电话放到母亲嘴边，"你说，你说！"母亲呵呵笑着，慢悠悠的声音从手机里传来，"你爸也干着活呢！"

　　乡村空气清新，一年四季景色变换，雪景更是极美。天地披上素装，树木挂满银花，一个个小屋子坐落在白雪纷飞里，灰色的小树杈偶尔掉落在皑皑白雪里，像奇异的花，田野一望无尽，白茫茫一片，沟壑、山坡、庭院、矮墙、青瓦，宛如一幅清淡、宁静、自然、纯粹的水墨画，绝美。

但如今两位老人在冰天雪地里扫雪的样子，总是让人心里颤颤地疼。

父亲东奔西走，见了不少世面。母亲大门不出二门不迈，一辈子都窝在这个小小的村落，一日三餐、劈柴生火、锅碗瓢盆，围着一亩三分地转悠，家道清贫，一辈子却也笑吟吟地过。

思量父母，他们何曾思量过何为人生意义，只关心粮食和蔬菜，日出而作，日落而息，树叶凋落，花谢花开，草黄草绿，日影泻露，山鸟啼风，过着淳朴厚重的乡间生活，在他们心里都是景致。

雨中山果落，灯下草虫鸣。或许，正是乡村的自然淳朴、与世无争，滋养了这里人们与世无争、朴实无华的品质。

到了我们这一辈，十年寒窗，百般努力，终于跻身于城市，求得一立足之地，寄于闹市，头顶有灰尘，肩上有齿痕，双脚沾泥、入世太深，人世间的万紫与千红、繁华与热闹、疲惫与无奈，在心头何时消停，内心的空间，常常被挤压得毫无缝隙，甚至难得抬头看一眼刺眼的白云和蓝天，家乡，终于在心里凝结成了一个载着游子梦想的美好国度。

"若她涉世未深，带她看尽世间繁华，若她心已沧桑，就带她去坐旋转木马。"一个人最大的不快乐，不是想得太多，就是想要的太多。每次回到老家，双脚站在土地上，看晓风晨露，炊烟暮霭，田野空旷，细雨打湿绿叶，冬雪覆盖荒野，感觉天地辽阔，生命的澄澈和丰盈，什么都可以放下。

木心先生说，万头攒动，火树银花之处，不必寻我。常想放下嘈嘈切切，走进深山幽谷，从喧嚣回归宁静，从闹市回归自然，但世事俗务，终不能让人云淡风轻，置之度外。生活是"眼前两碗米饭，心中一粒飞鸿"，养家糊口、维持生计，依然要尽心尽力，做好为人的分内之事。唯有保持一份内心的纯净和温暖，包容别人，放过自己，不对过去患得患失，不对现在斤斤计较。若走得累了，就停下来，看一眼风吹草动、满树花开，在凉风吹动的书页里，在烟雨尘封的词章里，寻找自己的空山寂静和山河万朵，青山绿水、白草红叶，陌上花开，缓缓归矣。

到了这个不大不小的年纪，思念故土、落叶归根也是自然而然的事，尤其是那间老宅院，三十年了，墙皮脱落、朱门紧闭、门环锈迹斑斑、蛛网封门，似是在等待故人来启。它等着我，我亦期待，有朝一日收拾老屋荒草，擦掉旧物浮尘，修葺烂椽旧檩，重整白墙黛瓦，隔绝世故浮躁喧嚣，种上一亩田，春种秋收，在绿荫如盖的核桃树下，听炉膛柴火嘭嘭乱响，看火舌雀跃乱蹿，那破旧的炉子上，不是坐着一壶水，就是熬着一锅汤，咕嘟咕嘟地冒着热气，满屋生香。

清逸起于浮世，纷扰止于内心，我由着心性，振衣濯足，如施绍莘的《西佘山居记》所写：雨不出，风不出，寒不出，暑不出；贵客不见，俗客不见，生客不见，意气客不见，花影杯前，松风杖底，半载琴书，半携花酒，一切由心。与万物可亲可疏可聚可散，静赏落花，闲看白云，吹灭读书灯，一身都是月。做喜欢的事，喝想喝的茶，即便无所事事，也会在深深从容里无所事事。我把生活越过越简单，无大喜大悲之念，亦无大彻大悟之心，那些功名利禄，我都不在意，亦与我不相干。

　　杜甫有他的草堂，鲁迅有他的百草园，梁实秋有他的雅舍，梭罗也向阿尔科特借了一把斧头，走进瓦尔登湖湖畔的森林深处，在那里隐居生活了两年，自己伐木造屋、种地劳作、捕鱼狩猎，度过了大把的悠闲时光。于我而言，世间车水马龙、繁华万千，终是抵不住人心灵深处一粒渺小的尘埃。

「 无事最可贵 」

相信生活因希望而美，就像这初春的山野，虽然衰草连天，枯枝遍野，却因为孕育一个无比美好的七彩春天，而更令人期待。

山上的气候总比山下低上好几度。虽已是二月时令，雨水方至，这山里依然有雪覆在桥上、木墩上，成了恰到好处的装饰。再说这小雪吧，也任性至极，说来就来，说走就走，此时刚好飘然而至，洒落到河沟、树林、石阶，地面是湿润的雪水，天地迷蒙一派，恍然有若梦中。

亭亭山上松，雨雪不能摧。小雪霏霏，松树像是蒙了一层雾，绿茵茵的。即便是经过冬雪倾轧，也青葱如碧，这霏霏小雪，只能是它的陪衬而已，人说松乃长寿之象征，入这深山老林，吸取这松柏之气，吐纳呼吸，不由精神大好。

偶尔天气放晴，百雀鸣枝，又是一番景象。山间景象，晴也好，雨也好，雪也好，雪霁，变化万千，随意皆是景。

或有人说，此时的山野，枯木衰草，青黄不接，还有什么好看的吗？山色百态，美各不同，春日百花开，山川披红挂绿固然好看，但这初春的萧冷、寂静，又何尝没有另一种魅力。

山坡上荻草茂盛，荻花成片，诗经里它有个美丽的名字，叫蒹葭，"蒹葭苍苍，白露为霜，所谓伊人，在水一方"。更是玲珑剔透、美得不可方物，可实际上，荻草在这样的山坡上、河沟旁，随处可见，在风里浩浩荡荡，平日里，我们采了荻花回家插在瓶里，别在门扣上，也别有风味。

夕阳西下，半竿落日，想起贺铸的《眼儿媚》，"今宵眼底，明朝心上，后日眉头"，在这荻花开白的村庄，只看一眼，便满是一夕忽老、两鬓飞雪的离愁别绪，那种诗情画意让人心发痒。

松果缀树，小径上飘动着奇异的香气，闻之心神荡漾，恨不能随着那香倏忽而去，化成枝头安静的一只松果，葛藤飞挂，纠缠交错，立于溪水河畔。把扶着藤条，从坡上下到河沟，人蹲坐在阔宽平坦的顽石上，水哗哗流着，水面上漂着白色的大块浮冰，看泉水从石缝倾斜而下，冒出腾腾水汽，感受这寂静与喧腾，便有了"我心素已闲，清川澹如此"的自在。

顺着河沟爬过去，只采到了松果，竟然一个松子儿也没有。折到了一把松枝，渗出的汁液黏着人的手，那就折几枝松枝吧，那油油的香味也足以让人沉醉流连。

很多只松鼠在树枝上蹿来蹿去，土灰色、黑色和彩色的松鼠，有的捧着松果，乌溜溜的眼睛东张西望，还有黑白相间的山中野鸡，都是瘦而健硕，绝不如家中饲养的那般肥硕，却个个气势如虹，身上负着细细的小雪，在山里漫步，觅食、探头探脑。这个季节食物稀少，但它们用有力的脚爪刨开树叶、地皮或埋得稍微深一些的地方，寻到草籽儿，松籽儿也不是没有可能。偶有一两只母猴，在山道上抢行人食物吃，若未得，便对人龇牙咧嘴，露出鲜红的牙龈，远不如百灵鸟那么欢快，一直啾啾啾叫着在树枝上跳跃，圆圆的脑袋东瞅瞅西望望，让人看着高兴。

但要说，这些小动物们都有自己的可爱，不会朝三暮四，也不会三心二意，建造、觅食、求偶，做什么都专心致志一心一意，享受其中，令人喜爱敬佩，这让人想起林清玄的那句"无事最可贵"。饥来餐饭倦来眠，专注于当下，内心宁静清明，没有烦恼打扰，不会胡思乱想，吃饭无事，工作无事，睡眠无事。无事之人，并非闲杂的人，却是心无旁骛、心无杂念之人。

顽石绿苔，老树树根，枯草、枯枝漫山遍野。城里有雾霾，这里有清新空气，天然氧吧。"不炼金丹不坐禅，不为商贾不耕田。闲来写就青山卖，不使人间造孽钱。"

清寂的山野，寒风吹起来的每一粒黄沙，随季节飘下的每一片落叶，如尘世之我，与自然相生相融，彼此照应，与草木为伍，随岁月而安，温暖而明亮，清寂而安然。

清风明月，草木清香，你想要的，山野都有，你倚着柴门，听风吹枯树，雪压松枝，心底真是莫名的激荡。

朱瞻基在《乐静诗》中说，"已觉乾坤静，都无市井喧。阴阳有恒理，斯与达人论"。乾坤安静，没有市井的喧嚣，阴阳自然是恒理，就不要争论不休了。在喧闹的钢筋水泥丛林里生活太久，如今心甘情愿做这山川草木的奴隶，安于一人，于山中虚度时光，与山水共清欢，与草木诉衷肠。

　　世事百转，是永远也参不透的一卷心经，若人不可相依，便把自己交付于这山水草木，研花作诗，蘸雨为墨。寄托于海阔天空，在安静无争的世界里，寂寞却欢喜地活着。

　　下山的路上，我采了一大把长着松果的松枝、荻草、狗尾巴草，插到陶罐里，就觉得挺美。至于春林初盛，春暖花开，不急，春风正在来的路上。

「 阳光刚穿过屋檐 」

如果我告诉你，城里霾锁古都，嘈杂，这里清风拂绕山岗，流水响彻耳畔，空气清新如洗，你一定会怀疑，如果我告诉你，城里的鸡鸭鱼肉很可能是转基因，而这里牛羊猪满山坡，羊奶牛奶甜如蜜糖，野菜粗粮赛过山珍海味，估计你也是不信的。

我们这些从城里回来的人，到这里一下子就扑到这田地里、沟坎上、小路边东拍西照，贪婪地想把这些空气、野山、杂花、旷野带回家，可怎么样也是徒劳的吧。你看这满地的土疙瘩，蜘蛛跑得飞快，嗖一下就不见了，白皮松都绿油油的，冒着芽尖儿。经过了一个冬天的蒜苗也撤了水珠的塑料薄膜，威风地站起来伸展了。天地间所有的物种里，就自己灰头土脸，一身疲惫。

春季田地里，粪东一片西一片地沤在地里，还有一些在粪坑，木桶和瓢丢在一边，可能你觉得脏臭无比，乡下的孩子们早已经司空见惯，农人更觉得这是他的宝贝，一点也不舍得浪费，人说，地是宝，牛是宝，粪是宝，没有三宝活不了。

说起这牛，以前家里也养过一头枣红的乳牛，每次翻地，父亲和福顺叔家互借牛用，他用我们的小牛，我们借他家的大公牛，大公牛有劲，踏犁沟，小牛劲儿小，踩地畔，父亲捉犁铧，一早上能翻一亩地，过两天，父亲再让两头牛拉着他的葛条磨，他手拿皮鞭，站在磨上，皮鞭一挥，地就平平整整的了。

现在地亩比以前少很多，大部分栽了白皮松，只留下这八分地耕种粮食。此时晨光熹微，母亲正在扎地，光亮的铁锨从地皮嚓一下扎进去，撬起一锨土，锨把一转，土就翻好了，微润的黄土在晨光下发出幽暗而神秘的光，母亲、铁锨、田野、远山、朝阳，构成一幅美丽动人的画面。

雨水刚过，荠菜已经开始拓展地域，大的小的爷爷带孙孙一片一片，躲在白皮松后面，占据荒野地皮。妇女们提个小篮篮、拿个小铲铲，一会儿就能挖一篮子。

福顺叔七十多岁，有些鹤发童颜之风，吃的是纯天然有机食物，早睡早起，身不染疾，午间茶，卯时酒，日子过得神仙一般，气色当然不错。他穿蓝大褂，手持剪刀，站在他的梅李树下剪枝，院子宽敞，门口还贴着我给他写的对联"和顺一门有百福，平安二字值千金"。

和其他农人一样，福顺叔的日子过得很慢、很细，早晨起来用铁锅熬粥，瓮里捞一把黄菜切了，慢悠悠吃着，看到院子里的一棵桃树，一棵李树，一棵梨树，一棵杏树，开始冒芽了，想着该去剪剪枝了。

我围着树转圈圈，找角度拍照，叔说这有啥好拍的，光秃秃的连个颜色都没有，再过一个月，杏花梨花李花桃花全都开了，白雪的白，桃红的红，要多好看有多好看。

福顺叔大儿子叫继承，在西安的一个饭店里做厨师，手艺好，人也老实，家里的二层小洋楼就是大儿子给盖起来的。但福顺叔和亚丽婶两人却见不得老大，乱七八糟的烂摊子事都是老大的，两个却把心思放在小儿子身上，小儿子雄雄开大货车，脑子灵活，喜爱耍牌，可他们把自己的医疗本、养老金、存款都交给了小儿子，见了他们的小儿子就眉开眼笑。小儿子赖床，他们做饭等着。父母总是对小儿子无限偏爱。打牌，他们给把茶泡上。想出去挣钱了就出去，干累了就回来休息，自在得很。

听说我们回来，雄雄来看我们，手里端着一盘婶子刚做好的煎饼，卷着土豆丝和油炒的葱花，我们也不客气，就这么用手端着一口气不喘地吃完了，吃得乐呵呵的。雄雄黑黑瘦瘦，头发长得很茂盛，乌油油的，我还清楚地记得儿时雄雄上蹿下跳把头磕破了流着鼻涕大哭的情景，棉袄的袖口也被抹得又黑又光，膝盖、屁股上也常是破洞，如今跟在他屁股后的孩子已经有锅台那么高了，眼睛黑亮黑亮的，和他简直是一个模子出来的。雄雄熟练地撕开烟盒，一边用右手指在烟盒底部掸出一支烟来递给我父亲，然后和我聊着十五以后去西安开大货车的事情。

迎春花开了满坡，翠绿的枝条绽放鹅黄色的小花，像一群咿咿呀呀的婴儿流着口水，鲜嫩可爱。很多花还在沉睡，她就早早醒来报告春的消息，她是春天的信使。

门口的一小片菠菜长得很争气，绿汪汪的，如深不可测的海水，小白菜抻着白生生的梆子和淡绿的叶片挤成一片，小香菜也起身了，每个都刺激你的口水不住往外涌。喜鹊从这个树枝上跳到另一个树枝上，叽叽喳喳叫着，有一家人儿子结婚，搭了帐篷，席上了八大碗，新娘子羞羞答答给来宾敬酒，公公婆婆被抹上了红脸蛋，笑得起皱纹，人们吃着喝着说笑着，小媳妇儿用蓝色碎花围裙擦一把额头的汗，挥手让折了桃枝的哥哥和弟弟不要追打。

　　春风刚刚拂过庭院，阳光穿过屋檐，乡村的生活，就是这么平静、平淡，安宁却又丰富，一天一天、一季一季、一年一年，山水、花草、农事、桑麻、稼穑、宁静、欢笑，都在似是而非的光阴里化成了无限的沉默。

「 初春小札 」

（一）春已至

春天总是悄无声息地来，又悄没声儿地溜走，明明已是春时，却难见春之踪影，待意识到"小径红稀、芳郊绿遍"时，感受身处融融春日时，却又要即将面临"流水落花春去也"的阑珊意境了。

于是，尚在乍暖还寒时，人们就已四处去寻找春的踪影了。

夜与往常并无二致，只是清晨，根根箭簇般的枝条却舒展了弹性活力，迎春花吹起了金黄的小喇叭，牵着奶奶的手遛弯的小孙儿伸出细嫩的小手惊喜地喊了起来，"奶奶您看，春天来啦，迎春花开得多好看哪！"

然而春像是走迷宫，线索并不明显。风漫过山梁、灌过山谷、卷起小径衰草，裹挟着寒气从窗户缝里直灌了进来，呜呜地吹着小号，逼得人裹紧身上的薄衣。淹留在脑海里的枯木、朔风、冰川载途、林径雪封已经撤退，溪涧烂雪、厚冰已经消融，偶有潜游的薄冰还哗啦啦碰撞、漂浮着不忍离去，而江水更显清澈，潭面无风，深碧如镜，似乎密谋酝酿着一个大大的春意，真个是春水初生、不染纤尘呢。

天空却还拧巴着，像是尚未浣洗干净的纱巾，罩着清灰色的薄雾。终于，迎来一场小雨，落在脸上、手臂上，凉丝丝的。站在檐下望去，细细密密的天雾，的确如朱自清先生笔下的：像牛毛，像花针，像细丝，密密地斜织着，人家屋顶上全笼着一层薄烟。细雨啼春，约莫是派它来打头阵了罢。

门口的桃树已经鼓苞了，远处的山林还是灰蒙蒙的，绿意未起，但微风荡去，仿佛听到了嘎啦啦、嘎啦啦的草木拔节声，许是春姑娘快要醒了，正在伸腰踢腿、活动关节呢。

一些细微之物开始萌动，蚊蚋嗡嗡嘤嘤，奏响了人生初始的号角，一只蜜蜂跌跌撞撞闯进晴光之屋，报来春天的第一封花信。

听说近日还有倒春寒，天气或许还是要冷上一阵子，但不管柳有没有绿，花有没有开，都不影响人们盼望春天的心境，他们甚至已经走到了山野、田间、溪涧、沟畔，去寻自己心中的春天了。

（二）待春鸟来巢

西甘河村的郊外，农人插的苹果树苗还顶着棕黄的枯叶，枝干上却冒出了凹凸的芽苞。道道田埂间，一些不知名的纽扣大的小蓝花低调地开放着，花心白得刺眼，嫩绿的枝叶在春风里摇摆。枯草、新绿铺成的土地像柔软的绒毯，散发着诱人的清香，真想躺在上面打个滚儿。

荒地里两位妇女正蹲在地上挖荠菜，一手捉铲、一手提袋，铲菜、掸土、装袋，手法甚是娴熟，不一会儿碧绿肥嫩的荠菜就乖乖地躺了满满一袋子，教人看得真眼馋。于是也照葫芦画瓢，从车上寻来小刀，没有袋子，干脆脱了外衣铺地，一个妇女笑着说我，"你这个'袋子'好，这一'袋子'能吃好几天呢！"我正想搭话，另一个妇女说，"这个荠菜啊，营养价值高，不管是包饺子还是凉拌、做羹汤，味道都很好，天天吃也不会腻，等过几天下一阵儿雨，荠菜就又起一茬子呢"。

此时，她的爱人正指挥着孩子们捡拾枯草枝，说是要搭建一个鸟窝，待天气暖和些鸟儿可以来这里居住。宝贝儿们扬着桃花般的粉脸得意地给我讲，"等下次来这里的时候，就能看到鸟儿在巢里生鸟蛋、孵小鸟儿啦！"

我笑着应和着桃花面宝贝儿，和他们一样期待着春鸟来巢。

（三）水街寻春

去周至探友，顺道去了周至沙河水街。

早日就听人说过，周至沙河水街被称作北方的小丽江，只是此时去水街，还是一幅冷寂沉疏的淡墨山水。

行人来往如织，大多挽着爱人的臂、牵着孩子的手慢悠悠溜达着，看见卖冰糖葫芦的，买上一根给孩子，看见手工制作的江米条，也买上一袋，悠悠然、乐滋滋，寻春、赏春。

河岸像绽开的梅瓣，依岸线徐行，拴马桩、水磨、水槽、碾盘、磨扇俯拾皆是，高挂的大红灯笼、红辣椒、玉米棒夺人眼球，但对于我们这些出生于农村的人来说并不觉惊奇，反而更多了亲切之意。栈桥若漂浮于水面上，逶迤蜿蜒，枯黄的芦苇荡直直挺立在水面，颇有景致，几公里的路走起来更是惬意畅快。

此时沙河水面初平，水边的柳枝芽未绿，水面上的鹅倒是欢快得很，思起苏轼的《惠崇春江晚景》，"竹外桃花三两枝，春江水暖鸭先知"。我想，这鹅也是一样的，早早就知道了春日已经来临，所以才游得这么酣畅吧！友人笑着让我吟诗，我挠头，思来想去也无非就是"鹅鹅鹅，曲项向天歌，白毛浮绿水，红掌拨清波"了。

喧闹的鸽子群从岸边的小广场的低处升起，在人面前掠来掠去，然后密密麻麻落在栏杆上，少顷，又灵巧地啄食，伸着嫩黄的脚掌向水边漫步而去。

友说，现在来水街有些早了，花未红，柳未绿，我说，此时来，刚刚好。

（四）安置一个春天

二月，这种来自原野的淡淡的清芬，你能感受它的气息，就是抓不住它。于是，满腹情怀的诗人，只能对着迎面的嫩绿的山坡，欣喜又无奈地捻着胡须吟那"天街小雨润如酥，草色遥看近却无"了。

农人早早动身忙活。父亲来电话，说他揥着锄头把麦地的草已经除完了，又给眠了一冬的白地上了几车土肥，仲春前后，给我们种上棉花，再栽上百十窝红薯苗子，棉花是要给我缝新的棉被，红薯嘛，自然是为了抚慰我硕大的胃口了。

门口有货郎挑来一揽子春花，鲜红的蜡梅、金黄的连翘，还有一些叫不出名字的植物，让人不由得叹一声，噫，春日着实是来了。忽然心血来潮，急急地去了花市，购回一盆含苞的栀子、一盆粉红色的玫瑰，我想在自己的屋子里也安置一个春天，岂不甚好？

好友带来消息，她在山东老家的一座山林承包了四亩田地，雇人栽了樱桃树，盖了间小屋子，说是要抛开尘凡的羁绊，学学那陶渊明，心无旁骛，一心与山水为友，与田园为伴，过清新干净的生活。

春天，的确是个播种希望的季节，我打心眼儿里为朋友欢喜。

「 三侯一过，春才开始热闹 」

春天就这么蹑手蹑脚、不露声色地来了，如果你见树叶儿绿了、花儿红了，这时她已经走了很长的一截路。

冰融，燕归，草长，花未全开。阳光薄薄地照进身体。一觉醒来，伸伸懒腰，眼睛飘向窗外，喔？那石坛里褐色的枝条上何时飘出了鹅黄色的淡淡烟雾，残雪覆枝的紫薇、枇杷、杨柳上何时又泗出了一抹新绿，这都是什么时候的事儿呢？

早春二月，路旁、田畦里的草芽菜甲都一丝丝冒出来，春意蒙蒙。

风依旧凛冽，天气却晴好。白雪还堆积在檐下、树根、田野，却不再是主角，春才到，一切才刚刚开始，没有桃花肉红、萱草绿肥，春风尚浅，春风还瘦，在远方融雪的山巅上，酝酿着一场野花杂草的闲梦。

东风解冻，蛰虫始振，鱼陟负冰。就这么静静地等着，等着，等那红黄橙绿以点至面渐渐蔓延，然后占据整个天地，呼风唤雨。

浅水上的冰正在消融，轻轻浮在水面，像是打碎了的玻璃，风吹来触碰得当当轻响。鱼群集而负冰，小鱼小虾、各种小水虫都纷纷地游到浅水域的枯草周围，在这里游弋、觅食，万物都变得柔软起来。

林清玄在《煮雪》里写：传说在北极的人，因为天寒地冻，一开口说话就结成冰雪，对方听不见，只好回家慢慢地煮来听……春江水暖，百草回芽，庭树飞花。这一季的春日，便是那一冬的雪煮出来的吧，三分雪色，就着七分茶香，煮出了欢喜，煮出了希望，煮出了动人的情趣。

万物至极则反，天气寒到极点，就立春了，鸡鸣上空，青鸟啼啭，岁月在这个节点上相隔。

"咬得草根断，则百事可做。"立春，人们常要"咬春"，吃些萝卜、荠菜等新鲜野味，这么一咬，就埋下一年吃得了苦的韧劲儿，吃得苦中苦，方为人上人。据说，咬春后，沉睡的人可以苏醒，伤心的人走出阴霾，跌倒的人从头再来。

贴桃符，挂春幡。岁月新生，节日欢闹，人间聚散，时光感慨，一下子都拥挤而来，停住案牍之劳形，偷得岁月几日闲，心情一番自在怡然。

人还是忙春天的事情，没留神树梢、檐下，不知何时呼啦一下多出了一群鸟儿，飞来飞去，唧唧啾啾，扯着嗓子说得没完没了，像是在开一个盛大的宴会，或是在筹划一年之计。平平仄仄的石子路上，丝雨蒙蒙的烟云里，虽残寒犹存，但初春的气息、初春的味道已扑面而来，清淡而舒爽。

老话说，秋不戴帽，春不减衣。三侯一过，春才开始热闹。竹篱青青，乳燕呢喃，春是轻移莲步走到心尖儿上的恋人，一拂袖，纯白与粉红就炸开了，杏花绽放，梨花吐蕊，一顿足，蜂飞蝶闹，鸟鸣枝梢，春心"哗"一下就乱了。

孩子褪去了棉衣绒帽，张开双臂，举着风车跌跌撞撞在院子里奔跑，玩得大汗淋漓，就趴在婆婆的怀里呼呼大睡，婆婆用衣袖拭掉孩子额头的汗，用手轻轻抚拍他的背，"花儿开，雀儿归，小娃娃，要安睡……"

妇女们边说边笑，提篮拿铲去田野山沟挖荠菜，田地里绿汪汪的一片一片，迎春花开满半坡，和煦的暖风里，她们鸟儿般自然哼唱，这个小小的村落，年年春天都是如此，又有什么稀奇？

春阳荡软枝，枝上晾春衣。春日轩窗半掩，我在淡淡春日里，泡一盏露珠点缀的新茶，写一篇白纸淡墨的文章，一切都是人生初见的模样啊！

「 桃树二三，鸡鹅六七 」

春三月，天地俱生，万物以荣。然而若有烦事心头挂，便是如何也自在不起来的。

乏懒的身体倚着柴门，任春风于庭院间穿花拂叶、柳丝缠人，不是心躁神乱、心不在焉，就是翻杯打盏。

憨儿却似无扰，坐在门墩上抱着彩翎的大公鸡，以嫩若葱根的手指摩挲鸡颈，仰着粉面"喔—喔—喔"学公鸡叫，好不快活。

这世间，有人醉心于幸福，有人沉溺于伤痛，可窗户一旦打开，春天就涌了进来。

迎春花才不管。箭簇一般的枝条上挑着柔嫩的黄花，有的含着紫红的苞儿，有的鼓起腮帮吹着喇叭，纵然地上已是落了一层风干的花尸，零零碎碎，薄如翅翼。

花开花谢，从来是喜忧参半，谁又能分得清，奈何人老也任性，偏要过它一个简单、一个自在。

一只天牛在草秸上打了个滚，翻到湿乎乎的土坷垃上，又顺着缝隙慢悠悠爬到了阳光里，根本不知道它想去那里，只是走着、走着，就这么在阳光里走着，也觉得很美好。

一种矮小的蓝色的小花开得到处都是。星星点点，宛如花溪。她有一个诡异的名字，叫"阿拉伯婆婆纳"，但她的故事更叫人发笑：说是一位叫"阿拉"的老头躺在草地上，想念自己的老伴儿"婆婆"，所以他躺过的那片草地被称为"阿拉伯婆婆纳"。其实，这个稀奇古怪的名字或许就是一句叽里呱啦的咒语，只要人那么一念，就摧枯拉朽、春回大地了。

独叶草总喜欢和阿拉伯婆婆纳混迹在一起，让人难以分辨清楚，还有蛇床、飞蓬、车轴草也东一片、西一片地给自己占领地盘，田野间绿意漫漫，一直漫过屋顶、漫过庭院、漫过山脊，残雪也不再挣扎，悄悄化作流水，汇入山涧小溪，一路欢歌而去。

农人们把犁铧深深扎入土中，手里的皮鞭啪啪响彻旷野，老牛摇着铃铛缓步前行，融融春日，清静闲适，和光同尘，你与一朵花凝视，与一株草倾心，与身边一切美好的瞬间交融，驱逐烦恼，医愈心灵。

钱仲书先生说：春天从窗外进来，人在屋子里坐不住，就从门里出去。其实，春风一吹，烦恼也就坐不住了，不情不愿从胸口散了开，人面嫣然。木欣欣以向荣，泉涓涓而始流。此时若站在苍茫的旷野里，摘一枝翠生生的小野花，在阳光里拈花微笑，就会逢着新的自己。

春光大好，宜与斯人终南山寻柳踏青，于山下赏花踏青，于桃夭夭处折枝，于水潺潺处玩嬉。看这山间小径，河渠沟畔，三三两两，三五成群，都是心里盛爱的人，存着美好，摄取水上之清风、山间之红日、林间之鸟鸣，以飨薄薄的人生。

早春三月，夜卧早行，广步于庭，披发缓行，以便生志，吃食亦宜清淡。

白发的母亲端着簸箕，坐在矮凳上，欢喜地择着刚刚采摘来的荠菜，捣蒜烹饪，笑若廊下清风。孩儿满手泥巴，跌跌撞撞、酥酥软软地扑到你怀里，心一下就化开了。尘世间，能够抵挡所有坚硬的，唯有爱。

山花似雪，春酒满杯，屋前桃树二三株，屋后鸡鹅六七只，人间清欢，便是如此模样。

「 每天没个正经事儿 」

三月的清晨，小雨淅沥，树木葱茏，我赖在床上听檐畔滴水。

雨如珍珠，不轻不重，不急不缓，一滴落下"叮儿"的一声，第二滴也从檐上走到半空，跟着"叮儿"的一声，清亮悦耳，如丝竹乐器奏鸣。

青石台阶旁，数茎花草，枝叶纷披，多是黄的、红的转红花、指甲花等细碎的小花，花儿在清淡的雨雾下更显娇嫩鲜艳，小院里一派映阶碧草自春色的悠然。红尘沧桑，多少彷徨愁绪疲惫，都被这一场霏霏细雨，洗涤得荡然无存。

这时的气温，凉而不寒，清风环绕，最适颐养闲情雅趣，加置于案头之物，如砚台、毛笔、闲章、香炉等，似灵魂之香气飘然。平日喜文房清玩，小而雅，清而精，把玩的是物件，颐养的是身心。若桌上瓷瓶斜插一枝蜡梅，随意丢两只红果，就更加美艳入心了。

说起这枚闲章，隽秀的篆体"墨缘"。一书友兄台相赠，素未谋面，亦不愿多询问，只知他身体有疾，不能如常人行走，却写得一手好字好文，真乃奇人也。因答应赠予我一方闲章，但所处之地似是山野之地，交通所有不便，却天遇大雪，迟迟不能寄出，微信一再发来信息表示抱歉，本就是赠予，何歉之有，如此一来，我反觉受之有愧。人与人，常讲究一个缘字，因书法相识，或许无须相熟深交，只知，遥远的地方有这样一位淡淡的朋友，他知道我的名字，我也知道他的名字，便好。

至午间，天气放晴，地面和泥土中的湿气还氤氲着，院中核桃树亭亭如盖。春光大好，鸡们从檐下出来，懒洋洋展展翅膀，开始在院中踱步，在墙根儿刨虫吃，或打开翅膀晒太阳，相互追逐撒欢。地上有洒落的谷米，小鸟时来啄食，人至不去，猫儿奋爪扑鸟，惊起而飞。

母亲开始在院子里撒下油麦菜、茼蒿、菠菜种子，栽上番茄、茄子、辣椒、豇豆、黄瓜、丝瓜、西葫芦、南瓜苗，父亲收拾锄头犁铧木车等农具，准备去地里除草，黑娃叔笑吟吟走进院子和父亲拉闲话，问今年栽了多少棵白皮松，又说去年他的葡萄、苹果的收成和今年的打算，一脸得意。

山野相邻，没有锱铢必较的利益倾轧，邻里之间和颜悦色，有着"相见无杂言但道桑麻长"的朴素和从容，我继续听着从墙头、砖缝和各个拐角传来的绵长的风声，长长吁了一口气，吐纳呼吸天地间最清新的空气，觉万事皆好。

《礼记·祭义》云："有深爱者必有和气，有和气者必有愉色，有愉色者必有婉容。"每天没有什么正经事，没人在身后催逼，耕地，播种，挖菜，看看天，发发呆，脱离了人情世故的日子，人的眼睛是清亮的，想必面庞也清秀许多。

"卖—豆腐。""卖—豆腐嘞。"门外来了个卖豆腐的，挑了一担豆腐，一摇一晃地走了过来，一声一声喊着，拖着长长的尾音，高低相和，像是唱戏一般。你若拿着盆盆碗碗出来买他的豆腐，他就揭开笼布，给你切一块热腾腾、水漉漉、四四方方、白白净净的豆腐，沾着细密的豆腐渣子的嘴角笑开了花。

田地变得更好看了，走在路上，大婶提着小半笼荠菜，慢悠悠往回走，边走边聊，身后黄灿灿的油菜花，粉莹莹的桃花，都成了风景。香椿头、枸杞苗都上了饭桌，可以凉拌，可以清炒，都是嫩生生新鲜的，有时想来也神奇，就这么一块黄土地，每季都有不同的野味野果，树上的槐花、香椿、桑葚，地上的荠菜、人汉、油菜、野蒜，还有多少你叫不出名字的东西。

三月里，我喜欢在这个春意盎然的小院，品一杯清清淡淡的茶，看花，看草，看青山隐隐、绿水迢迢，即便鸡鸣狗吠也好玩，枯索生活也会明亮起来，收获一种不事张扬的淡泊心境，一份俗世无争的高雅和纯粹。

世上事如许，山中人不知。山野乡间生活，不比繁华热闹，自然清苦简约味淡，蓝天白云，青山绿树，轻薄的炊烟袅袅升起的时候，心就安静极了，就有了归宿，清与静、淡与雅、朴与真，如此素简，却胜过尘世万千繁华。

「 一枝桃花倾城开 」

看阿牛蹦蹦跳跳地唱《桃花朵朵开》，想起一个词，叫人"贱"人爱。

桃花就是这样的花，粉粉的、低低的、贱贱的。命犯桃花的人，注定风流成性，即便如此，桃花还是惹人爱，痛彻心扉也要爱。

若男子长了一双细长、水汪的"桃花眼"就先将人的三魂勾走七魄，桃花眼，睫毛密长，眼尾上翘，眼形若含笑桃花，眼神似醉非醉，眼波似水，雾气昭昭，一双神色迷离、媚态毕现、迷离如梦的眼，怎能不勾人魂摄人魄呢。

美人也以桃花相喻。春秋时期的第一美女叫息妫，息侯之妻，息夫人容颜绝代，目如秋水，脸似桃花，又称为"桃花夫人"。息夫人生得倾国倾城，却也是位烈女，息国战败，被楚文王掠夺，她三年不言不语，直至与自己的丈夫息侯重聚，撞墙而亡，息侯大恸，万念俱灰，为报答息夫人的深情，也撞死在城下。楚文王感动，将息侯与息夫人合葬在汉阳城外的桃花山上。后人在山麓建祠，四时奉祀，称为"桃花夫人庙"，又称桃花庙。桃花夫人，又为桃花添了几分悲伤。

小时看《桃花扇》，侯方域将桃花扇作为定情信物赠予李香君，并在扇面上题诗："夹道朱楼一径斜，王孙初御富平车。青溪尽种辛夷树，不及东风桃李花。"李香君虽为名妓，却也是一名至情至性的女子，不为奸人低首，血染桃花扇，被描为"桃花吐"，成为最艳的爱情花。

桃花昭示着爱情，一出口就是那首："去年今日此门中，人面桃花相映红，人面不知何处去，桃花依旧笑春风。"去年今日，花木扶疏、桃柯掩映，而今此时，桃花依旧，人面杳然，崔护与绛娘却生生错过了，崔护抱憾离去，绛娘肝肠寸断，崔护闻讯来探，绛娘因情而死又因情而生，成就了一段时空交错的"桃花缘"。

看《三生三世十里桃花》，上神白浅躺在桃树上饮着桃花酒，见翩翩美少年夜华现于桃林，故意失足从树上掉落，夜华甩袖、玄衣拂动，在空中接住了微笑酒醉的白浅，桃花瓣瓣跌落衣袍，令人想起元稹的《桃花》："桃花浅深处，似匀深浅妆。春风助肠断，吹落白衣裳。"画面实在太美，那一刻白浅不是上神，而是那迷惑人的桃妖，美得令人眩目心跳。而促发白浅有掠美心思的，就是她手中的酒——"桃花醉"。

"桃花醉"，这名字取得真好，如美人桃红粉面，斜倚栏杆，醉态嫣然。

不知那折颜是如何做出那等美酒的，只是普通农家人做一壶桃花酒要费半天工夫。要将桃花泡洗半日，沥干，用新生的白布一朵一朵擦拭干净，添入清酒、醪糟、白糖，但桃花本身却是极苦的，比那黄连还要苦上三分，因此须冰糖铺底，撒一层桃花，再铺一层冰糖，用清酒、醪糟漫洇，十日后，便寻小盅啜饮，甘洌香甜，惹人迷醉。

听过歌手 Hita、董贞翻唱的歌曲《桃花醉》：桃花开，画江南春色满；桃花红，映篱外故人颜；桃花舞，晕纸伞白衣沾；桃花落，逐流水袖染尘缘；桃花酿，醉踏歌剑挽流年；桃花醉，共枕逍遥江湖远。杨柳岸，小桥伴，轻舟泛，桃花源，竹篙撑，乌篷摇，艄公唱，龙船调，素手牵，青丝绾，越女和，浣纱谣……吴侬软语，小家碧玉，一阕唐诗宋词小曲儿，只一次，却一下子就无法自拔地沉醉了。

桃花本带着一股邪气，喜爱桃花、与桃花相伴的人也不免有些离经叛道、狂傲不羁。桃花岛上的黄老邪，性情孤僻，行动怪异，身形飘忽，有如鬼魅。黄老邪的女儿黄蓉也是冰雪聪明、古灵精怪，不管是老实巴交的郭靖，还是坏到极点的欧阳克都被她耍得团团转。桃花庵主唐寅就自不必说了，一生放浪形骸，命运波折多舛，写下的《桃花庵歌》"桃花坞里桃花庵，桃花庵下桃花仙。桃花仙人种桃树，又摘桃花换酒钱。酒醒只在花前坐，酒醉还来花下眠。半醒半醉日复日，花落花开年复年……"如民谣一般朗朗上口又艳丽清雅，风格秀逸清俊，音律回风舞雪，意蕴醇厚深远，深入骨髓。

"道是梨花不是。道是杏花不是。白白与红红，别是东风情味。曾记，曾记，人在武陵微醉。"要说桃花词，还是喜欢严蕊的《如梦令》。写桃花，红白交错，既有梨花之白，又有杏花之红，二色并妍，繁花满枝的华美景致。起句便先声夺人，飘然而至，整篇无桃花二字，却处处有桃花，从虚处著笔、不即不离、空灵荡漾、令人玩味。而杜甫的桃花诗："桃花一簇开无主，可爱深红爱浅红。"也甚是高妙，这桃花一簇簇开着，没有主人，你是喜欢深红色还是浅红色？读之不禁令人面露喜色。

桃之夭夭，灼灼其华。所有花中，桃花柔若无骨、妖艳惑众、最具媚态，唐明皇和杨贵妃在禁苑中种桃花千株，每至桃花盛开，唐明皇都要折枝桃花插于贵妃发间，说"此花最能助娇态"。

桃花一开，就开得放纵恣肆、不管不顾，春暖花开的季节，第一个蹦到心头的，就是桃花了。桃花独占春风，桃花就是春天，春天就是桃花，梨花斗不过她，杏花斗不过她，满眼的桃花红。一脸的粉红晕染，开得你满眼满心都是她，躲也躲不掉，逃也逃不了，只能顺了她、依了她，就像那为爱情低贱到骨子里的女子。春水初生，春风袭人，十里桃花，女子却眼无桃花，痴傻地呆望来路，只等那哒哒蹄声、一人一马，一直到桃花打衣、夜冷露凉。

每年三月，秦岭环山路的桃林成海、绵延不绝，一树树、一片片、一串串粉雕玉琢的胭脂色，来往之人熙熙攘攘、面若桃李、笑语盈盈，恍觉已进入陶渊明笔下的《桃花源记》，"忽逢桃花林，夹岸数百步，中无杂树，芳草鲜美，落英缤纷……"

一阵风吹，扑簌簌一阵桃花雨滚落，内心陡然一惊，桃花开时极艳，落时又极悲，真应了那句话：美到极处，便成苍凉。

「浮云吹作雪，风尘杏花香」

一转身，杏花就全开了，从江南的春雨开到北方的巷陌，眼看着从一个骨朵儿就那么绽放开来，满树繁花，占尽春风，真是惊艳。

人说春雨是杏花的前奏，无雨不杏花，杏花微雨湿轻绡，蒙蒙细雨，才能越发衬托出杏花的水灵剔透。你看李可染的《杏花春雨江南》图就是那样：山脉曲折蜿蜒，村舍密密匝匝，重山深树、石桥民居、小桥流水，在江南水乡迷蒙的烟雾中，杏花纷纷而开，笔墨渲染湿润空翠，空蒙透彻，让人如深临于江南清新雨后繁花之中，诗中有画，景中有情，神韵逼人。

唐诗中，杏花是轻愁淡喜之花，是美人迟暮之花，她因春而生、春尽而逝，既无限风光，亦无比空寂凄凉。李商隐的《日日》："日日春光斗日光，山城斜路杏花香。几时心绪浑无事，得及游丝百尺长？"春光多么明媚烂漫，却为何如此短暂又易逝，诗人赏春又伤春，怀春又悲春，那番愁肠百结纷乱不宁的淡淡哀愁，教人欲道还休惆怅寂寥。

阳春三月，桃李梨杏争相开放，争奇斗艳。只是桃花太艳，李花太瘦，梨花太凉，唯杏花静气沉沉，远意深深，惹无数文人墨客吟诵，诗人的情愫、杏花的芬芳一股脑儿涌来，每每轻读，齿颊留香。

清水绕杏树，岸上花朵，水中花影，各显芳姿，王安石醉心于水边的杏花，把杏花飘落比作纷飞的白雪，因而作《北陂杏花》："一陂春水绕花身，花影妖娆各占春。纵被春风吹作雪，绝胜南陌碾成尘。"

"世味年来薄似纱，谁令骑马客京华。小楼一夜听春雨，深巷明朝卖杏花。矮纸斜行闲作草，晴窗细乳戏分茶。素衣莫起风尘叹，犹及清明可到家。"诗人陆游一生壮志未酬，年至六十二岁，突然奉诏入京，接任严州知府的职务，没有壮志豪情，亦没有低沉悲鸣，只是有轻叹一声。万籁俱寂的临安城，他想起少时的意气风发和青年的裘马轻狂，清楚地知道，眼前的繁华不过是粉饰的太平，绵绵杏花春雨，最终还将成为铁马冰河的疾风骤雨，彻夜未眠，写下了《临安春雨初霁》的名句。

还有南宋的那个老和尚，他在古树的浓荫下，系了带篷的小船，挂着藜做的拐杖，慢慢走过桥，向东而去，看到无边春色里青草纷纷、杏花点点，此时春风扑面而来，柳条在空中翩跹，绵绵细雨仿佛故意要沾湿衣裳，老和尚心摇神荡，什么青灯古佛，什么四大皆空，怎能比得上这人间的春光大好、杏花满园，他心中思绪翻腾、感慨万端，提笔写下："古木阴中系短篷，杖藜扶我过桥东。沾衣欲湿杏花雨，吹面不寒杨柳风。"

杏花有幸，钻进多少诗人笔下、作者的画中。但杏花真的是太美了，如少女的羞涩，少年的心思。"春日游，杏花吹满头。陌上谁家少年，足风流。"杏花开，春光美，女子于春日郊游，微风吹来，落英缤纷，花雨飘洒，恰遇见一翩翩公子，不由生了爱慕之心。杏花，是她少女时想嫁的新郎，是他少年时想娶的新娘，是年少的她与他翻山越岭、几十里地心里挂着的一丝痒。春日闲暇，杏花争相开放，而春心与草木皆动。

与桃花梅花相比，杏花会变色，让人甚觉讶异。杨万里的咏杏五绝："道白非真白，言红不若红，请君红白外，别眼看天工。"《群芳谱》亦讲："花二月开，未开色纯红，开时色白，微带红，至落则纯白矣。"老家小院墙角也有一株陈年杏树，每年三月斜倚一树杏花，浅粉色的花朵点点簇簇，轻飘飘，乱纷纷，微风一吹，花香若有若无，常常眼见她从深红开到浅红，从浅红到纯白，随后飘零，教人生出人生苦短之意，不由慨叹唏嘘一番。后来才知道，变色，其实是色素随着温度、酸碱不同而变化的结果。

黄永玉说，"杏花开了，下点毛毛雨，白天晚上，远近都是杜鹃叫，哪都不想去了……我总想邀一些好朋友远远地来看杏花，听杜鹃叫。"

杏花一开，像给人点穴了一般，人哪里都不想去了，就想做个闲人，撇去俗尘事物，呆坐在花树下，看满树春白粉红，听水过石，听云出岫，听鸟投林，听花下枝，听笛声鸟喧，再喝两盏清酒，得其自在也。

杏花的气质，很像是邻家小妹。满地绿茵茵的春草，一树树粉嘟嘟的杏花。浮云吹作雪，风尘杏花香。杏花，一身风华，终究，却是凡人家的花，平常街巷，陇头陌上，人家小院，一碗粥，一碟菜，粗茶淡饭，和面庞的一窝浅笑，过自己朴实的小日子。

少年时爱桃花，胭脂万点，如今上了年岁，不知怎么的，却越来越喜爱这杏花了。愿于月华如水的静夜，移步纱窗，伸手挑了灯花，看窗外杏花点点，浮生如梦。

「春日负暄」

晒太阳其实是晒人。晴空湛湛里，取一把藤椅，找个背风处坐下，双手一拢，或捧本书来读，阳光打到背上、钻进衣衫，把毛孔晒得暖乎乎的，头皮晒得痒痒的，不一会儿就眼目交睫、书落人寐，梦见周公了。

古时文人把晒太阳称为"负暄"，文雅之极，仅张中行先生有《负暄琐话》《负暄续话》《负暄三话》《负暄絮语》，还写出《负暄杂录》《负暄闲语》《负暄琐语》等籍册，又吟又赋的。读白居易的《负冬日》：杲杲冬日出，照我屋南隅。负暄闭目坐，和气生肌肤。初似饮醇醪，又如蛰者苏。外融百骸畅，中适一念无。旷然忘所在，心与虚空俱。感觉晒太阳简直是世界上最美的事儿，五脏六腑由内而外地舒畅，物我皆忘，好比神仙。

晒太阳需要择一处好地方，可倚着墙根儿，也可倚着草垛，或是花树下，微闭双眼，靠在椅背上，气定神闲。

儿时，母亲常常取两个小矮凳坐到庭院，在暖烘烘的日光里解开孩子们的小棉袄、脱了线衣，在衣缝间"捕虱"，哗哗剥剥地挤着，我们则在墙根暖阳、小院花香中，眯着眼睛趴在母亲膝头晒太阳，惬意极了。但最享受的就是母亲帮我编辫子了，母亲用梳子把头发左右平均分开，把左边的头发捉在一起，手轻柔地一下一下梳拢着，再用皮筋扎起来，等把头发扎好，我早已趴在母亲膝头香香地睡着了。

"懒起煨芋，卧听窗外雨打蕉叶；负暄扪虱，闲看天际云锁青峰"的确是一种雅趣。若是看着万物生灵都在和你一起晒太阳，便觉得天地之间，你被簇拥着，像这个被千劈万砍过的墩子一样，周围都是小柴禾棍儿、树枝儿，他们都是你的孩儿，眼巴巴地听你讲一个精彩故事。

桃花一串一串地开在树枝，一阵清风吹来，喜鹊在桃枝上晃悠悠地荡秋千。世界上最自在的就是鸟儿了，它们在桃树枝、杏树枝、李树枝上晒太阳，还要闹着告诉别人，来一起晒太阳。小狗最会晒太阳，它侧躺在太阳下，伸展着前腿和后腿，扯得长长的，人走来走去也无动于衷。

油菜开花，鸡蛋价塌。天气一暖和，母鸡也晒太阳了，不像冬日那样瑟缩在窝里，好几天不下一个蛋，而今食物丰富、精神饱满，每天一个蛋。当然，对有些生物来说，晒太阳有时也是很危险的事情，比如蚯蚓、蛴螬、蝎子、蛐蛐等，它们一出来晒太阳，很可能会成为鸡们的腹中之物。

负暄之乐不独我知。宋朝的杨万里写："隔窗偶见负暄蝇，双脚挼挲弄晓晴。"竟然想象一只与他一起晒太阳的苍蝇也有欢乐之心，真是有趣。钱理群在《周作人传》中写道："戊申，与寺僧负暄楼头，适邻有农人妇曝菜篱落间，遗失数把，疑人窃取之，坐门外鸡楼上骂移时，听其抑扬顿挫，备极行文之妙。"台湾作家白先勇在《树犹如此》中写道：

"我……从前种的那些老茶，二十多年后，已经高攀屋檐，每株盛开起来，都有上百朵。春日负暄，我坐在园中靠椅上，品茗阅报，有百花相伴，暂且贪享人间瞬息繁华。"那种悠然、自在、恬淡的心境，乃得负暄之真味也。

万物抱阳而负阴。我坐在桃花纷飞的庭院里晒太阳，看我家的大葱、蒜苗、菠菜、香菜在晒太阳，它们一个比一个油嫩、旺盛。梨树，花椒树，核桃树，柿子树，榆树，杨树，桑葚树，也都在晒太阳，每一棵树都有自己独特的思想，然后晒着晒着，就开了花，结了果。墙根儿顶着黄花的蒲公英也在晒太阳，晒着晒着，就举起伞飞走了，再也不回来。

日影西昃，母亲用小笤帚疙瘩一下一下拍打着晾晒在铁丝上的被褥，然后轻轻折叠、抱回，一股融融的太阳香味儿。暖阳当空，花香满院，人眯缝着眼，打个盹儿，发个呆，至近至远，至亲至疏，至深至浅，都随他去，内心何其通透自在。

想起《列子》里面那个可笑的农夫，穿乱麻破絮，勉勉强强地挨过寒冬，到春天耕种时，在太阳下曝晒，不晓得天下还有高屋暖房、丝绵绸缎、狐皮貉裘，回头对妻子说："负日之暄，人莫知者。以献吾君，将有重赏。"是说，晒太阳这么好的事情，别人都不知道，我去告诉君主，一定得到厚重的奖赏。噫，真是谄媚得可怜、可笑。

清代医学著作《老老恒言》写："日清风定，就南窗下，背日光而坐，列子所谓'负日之暄'也。脊梁得有微暖，能使遍体和畅。日为太阳之精，其光壮人阳气，极为补益。"晒太阳这件事，的确畅快淋漓，一个人若躲在多阴冷晦暗的角落，心情会受影响，容易引发或加重抑郁症，在春日里晒个太阳，微闭双目，"向日而曝"，养生，和气，坐拥清风、花香，没有贪念，没有邪念，烦恼一下子都祛除，有太阳可晒，就感觉到生活的满足，可见知足常乐，心情一好，百病顿消。

风和日暖，最宜负暄，你看，檐上青瓦、田野荒地、电线杆子，连同整个村庄都罩上了一层金光，人就坐在这金光里，像什么呢？

「 生之所往，不过良风年年 」

人经常会迷茫得不知该去哪里，只有到了某一处，卸下了所有的包袱与负累，一屁股坐下来，哪儿都不想去了。

明月花前，楼台小窗，你的情锁于此，你的恋锈于此，你的爱寄于此，就这里了，就这里了。

你是在这里呱呱坠地的啊。蹒跚学步，咿呀学语，在母亲怀里吮吸乳汁，在疙疙瘩瘩的土地上奔跑，在野风吹过的田地里洒汗，是山里的泉水把你养育得强壮有力，或滋养得纯朴秀美，你在世间东奔西跑地转了那么大一圈，到了最后，还是觉得这里最好。

曾在西安城市的街巷里，租住十多平方米的斗室，起居烹饪写作三合一，咚咚咚的脚步声和哗哗哗的马桶抽水声骚扰着耳鼓，多少个夜晚在时钟的嘀嗒声里辗转反侧到天亮；也曾住在深圳廉价的民房里，常年背阴不见阳光，柜子潮得起了层层绿毛，不得不一遍遍整理晾晒衣物；也去了春城，生活在一个安静的小区，记住了那里干净的小院儿、空中交错纵横的晾衣铁丝和常年不败的花开，记住了那里迷人的臭豆腐和小锅米线。

后又迁徙辗转回到西安，嗬，人越来越多，路越来越宽，楼越来越高，也终于有了自己宽敞的居室，却发现，钢筋水泥高楼大厦，并不能给人内心的安宁与归宿，二十多年奔波，最终得到的，竟不是自己想要的生活。

"海底月是天上月，眼前人是心上人，向来心是看客心，奈何人是剧中人。"所谓故事，是别人眼里的热闹，剧中人却伤着自己的心。光阴于我最大的恩典，即是成全了自己，找回了自己。

昔时横波目，今作流泪泉。多少年了，一路孤独地奔走，度过多少煎熬的长夜和寂寂白日，洒泪，欢笑，一个字叠一个字，一卷书摞一卷书，长长的跋涉，以文字熬煮着光阴，为了一份内心的清宁和自在，奔的是圣山，修的是丹心，寻的是一种自己想要的日子。

狂心若歇，歇即菩提。如今，真的是该停下来了，我这个不善言辞的人，喜欢于宽敞的围墙内，与二三好友，两盘棋，一盅茶，也不要去把这短短的时间交付于迎来送往，心松歇下来，不再提着一颗颤巍巍的心在觥筹交错里迷失。

脚步徜徉于这故乡山野的四季，听它能唱出动听的歌谣，踩过沙沙的落叶，踩过婆娑的树影，踩过厚厚的雪花，踩过淋漓的雨水，我在一棵开花的树下发呆，想那一桩桩旧事，想如烟般前尘，那疼痛，那欢喜，都过去了，我平静地对现在说一声：真好啊。

生活无非三餐饭、枕边人、手中书、杯里茶，三餐食五谷，人生品五味，喜欢这样层层叠叠的村落，氤氲升腾的炊烟，柴草与灶火肆意交融，生活的悠闲与繁忙，农人的简朴与憨拙，这里的红砖、绿树、炊烟、土墙，正是内心家的模样。

闲来无事，与花草小坐，在山水间闻琴赏雨，看岁月安然走过。黄昏的霞光，午后的暖阳，清晨的微风，都叫人心生欢喜，心神荡漾，看这日常琐碎，最动人心，唯愿把每一寸光阴都过成良辰。

生之所往，不过良风年年。愿于这山野深林无人之境筑一小院，"小园几许，收尽春光。有桃花红，李花白，菜花黄。远远围墙，隐隐茅堂"。长风浩荡，柴门掩闭。世人不解我，山川日月可解。

如住溪边，心就得一段清流，留得一份澄澈，繁芜与嚣嘈、狭隘和自私，都随波而去，鸟飞林子，鱼入深渊，草生沟壑，这般模样，多么自在和快乐。生死穷达，利衰毁誉，与山野无关，与草木无碍，山花依然烂漫，依然水流花开，江山无恙，山高水长，苍苍莽莽。

嗯，还要修三间瓦房，栽两株花树，养一窝小鸡。我愿立于厨下，打理碗盏，擦拭尘灰，挽袖剪花枝，洗手做羹汤，安心做个凡妇，静坐檐下，穿针引线，喝一壶陈茶，听别人的故事，淡然闲远，有人问我粥可温，有人陪我立黄昏，在落雪或花开的窗前，你一语，我一笑，将一页光阴素净翻过。

我就在每个簇新的时光里，过着越来越老的旧日子。

第二卷

与光阴
深情相依

「 给生活做点减法 」

世界那么大，岁月那么长，择风景秀逸之地，借山而居，结庐栖身，晴耕雨读，远离喧闹尘世，拥一处常见花开的院落，乃几世修来的福分。

惊蛰刚过，父亲又开始起自留地里的白皮松，移栽到另一块地里。天蒙蒙亮，他已经起了二十多棵白皮松苗，放到架子车箱里，用绳子缚住，拢好，驾辕把车拉到县路旁的地里。

地头有两棵大杨树，以扭曲的姿势屹立着，如擎天之柱，百年来歪而不倒、枯而不死，圆圆的黑乎乎的鸟巢筑于树梢，大白花喜鹊盘旋其上，绕树三匝，可栖可依，似是一种象征，或是一种庇佑。

此时，草色将将，春风十里，尽荞麦青青，朝阳初升，田野被金色的光芒笼罩成梦幻一般。略有鸟鸣在耳，成群的蚊虫在上空舞动，与人迎面相碰，狗吠声，车笛声，都在旷野消弭。博大空旷的田野寂静而热闹，蓬勃而诗意。

麻雀、喜鹊、百舌雀、麻野雀等大小不同、形态各异的鸟儿啾啾啁啁嘤嘤喈喈，叫得欢快活跃，更为田野增加许多魅力和野趣，让人想起王籍的"蝉噪林愈静，鸟鸣山更幽"。谁说不是呢，鸟的鸣叫，从不显得吵闹，却更觉田野的安静清幽了，然而，"燕燕于飞，差池其羽"，"雄雉于飞，上下其音"，鸟的快乐不在于口舌之音，而在于空中翱翔、自由自在，享受春风和枝头的风景罢了。

大自然总是给予人太多惊喜，这么普普通通一片黄土地，年年都会生长不同的农作物，供人衣食，人什么都不消去想，在麦田里打滚，在春风里流浪，即使一无所有，却又仿佛成了一个拥有一切的大富翁。

但三月的荠菜稍显没落。敞开的心扉中间生了长长细细的枝杆，杆稍顶着一窝白生生的小花，一窝花骨朵被围在中间，在野风里摇曳生姿。田间长得最茂盛的就数米蒿蒿了，携家带口大的拉着小的小的挨着大的，一片一片又一片，肥硕鲜嫩，儿时和母亲在地里拿着锄头除草，唱着歌谣"尖刀刀、米蒿蒿，洋七芽，炸油糕"。现在，尖刀刀几乎绝种了，米蒿蒿霸占田野大片领地，母亲说，人们后来才知道，米蒿不仅可食，其味道还胜过白蒿，我们也掐一把米蒿尖儿回家尝尝。

老树说，春天里的花，夏日里的花，秋风里的花，开不过心中的花。但春天的花实在是美呀，尤其是三月的桃花。这田间旷野，不知名的黑褐色的片片树木间忽然闪现出一两株桃花。白的、粉的、红的，五瓣、六瓣的，全开的、半开的，单枝的、多枝的，简直是美得耀眼。桃之夭夭，灼灼其华，既热烈又安静，既惊艳又短暂。世人皆爱桃花，却不忍直视，不如只看一眼，合上眼，便记于心。杏花也不错。红萼托举着白色的花苞，一疙瘩一疙瘩结实地贴着褐绿色树枝，"春日游，杏花吹满头，陌上谁家年少，足风流。"年轻意气风发，裘马轻狂少年，杏花春雨里，素面美人脸，前生与来世，恍然如梦。

电影《立春》里王彩玲说过一句话：每到春天，我总是会蠢蠢欲动，以为会发生什么。会发生什么呢？春季万物生长，快乐由心而发，最容易发生的，就是心里的美好期待吧。

农人辛苦，但农人快乐。为了使树苗栽得端正，横成行、竖成列，父亲在地头楔了根铁棍，从地这头到那头拉了一根绳，用尺子仔细丈量，每隔1.2米挖个一铁锹深的坑，树根放进去，培土，以脚踩实，再回去拉水。水是前几日在院子里储存的雨水，水缸、水桶、盆都储满了，水面漂着几只飞虫，盆地是灰色尘埃和软絮，但父亲说清水再好也好不过雨水，然后一瓢瓢舀了，给一棵棵树根浇灌。

年轻人干活没长劲儿，干不了一会儿，便起了玩心，捡起石头、瓦渣去打野鸡，野鸡咕咕叫着，扑棱着翅膀贴着矮树飞得好远。撵得野鸡满空乱飞，自己大汗淋漓，却空手而归。还是父亲的方法有效，玉米粒抹药置于地里，野鸡寻味而食，走不了几步，便倒地而亡。回家便尝到美味。至夜，亦手持电筒，以电网捕田间偷食的野兔，满载而归。

田园生活恬淡自在，一顶草帽，一把锄头，耕作歇息，农人的姿态从容，原来人生很多事情都可以舍弃，给内心留存一份简单，一份闲逸，一份清淡。

时隔多年，当走过的山水都沉淀为内心的风景，人就需要删繁就简，找到一个归宿，如毕飞宇在《推拿》里写的：生活自有生活的加减法，今天多一点，明天少一点，后天又多一点。这加上的一点点和减去的一点点才是生活的本来面目，它让生活变得有趣、可爱，也让生活变得不可捉摸。而有些时候，做加法其实就是在做减法，看似做减法，一层层剥去纷繁芜杂的事情，简单、舒适、自在却多了起来，那就是人心里的家。

我与父亲说，来年，我也要垦几分花田，盖三间瓦屋，栽两株桃树，养一匹白马，开一扇朝南的窗户。与两三人坐于风雪飘摇的小屋中，屋里有书香有墨香有茶香，有清冷的散淡与飘逸，那时，必定有一朵桃花探进窗来，我就着一怀的书、满室的茶，看廊下安静的草木、窗外清冷的细雨，花田灿灿，白马萧萧。

「 与光阴深情相依 」

渐渐，越来越沉迷这尘世，入骨沉迷。

晨起推窗，紫叶李一树繁花静立，玉兰把花瓣砸了满地，青山将重重心事说给风听，厨房砂锅中有煲的汤，炉上有正煮的茶咕嘟，案几上有我爱读的书，窗台上是需要打理的花，春色浩荡，风月无边，顿觉良辰美景，不可辜负。

红尘滚滚，人世翻腾，愿在四季流转里，做这样一个安静的女子，守着一间老屋、一日三餐消磨，聊天、喝茶、忆往事，寂寞得如一朵花，淡然，素雅，清丽，散发独有的芬芳。

于风起的长夜和衣而卧，枕着滴答的雨声入眠，第二天被窗外的啾啾喈喈鸟喧唤醒，草木勃发，叶碧如新，天空如洗，小片菜畦绿汪汪，园中的桃花、杏花、李花都开着，树上开满了，就在地上开，涧户寂无人，纷纷开且落。

能于乡下偏僻之地，购田置屋，劈山种菊，真乃幸事。这清晨的空气，水汽氤氲，沏了一杯茶，心情宁静平和，几茎修竹，日华澹澹，低调朴素的光阴里，雾绕山，雨敲伞，心在静处，万水千山，最终不过一杯清茶。

其实，心有深情可寄，万物皆是情深。世上太多的东西都不可轻易辜负，比如盛开的花，眼前的人。世间尽好，唯你最好。

与先生各忙各事，他劈柴，我写字，亦相安无事。偶尔回头，相视一笑，很多话，即使不说，亦懂得。

生活里的爱情，没有那么多山高水远，多的只是家长里短、一餐一饭。亦舒说，如果爱情不落到"洗衣、做饭、数钱、带孩子"这些零散的小事上，是不容易长久的。这话我信。人和人的相爱，只不过是关一扇门、看两朵花开、说三句情话，有人为你立黄昏，有人问你粥可温，许你一世长安，护你一生周全。世间最动人的情话，会用一辈子的时间慢慢说。

女儿时而淘气，时而乖巧，我对她疏于管束，爬屋上树，由着她的性子去。我只负责带她去花田溪畔，看她捕蝶采花，嬉闹玩耍，或坐在草地上负暄，讲几个童话故事，至于人生的大道理，让她自己去总结，世界终归无解，愿她的遇见，每个都新鲜。

柴米油盐之小清欢，生活如流水，哗哗往前走，愿沉醉于这俗世烟火、小情小爱里，恋恋风尘，直到天荒地老。

生命来来往往，万物盛极必衰，如这四月花事，蔷薇、紫藤、虞美人，三色堇，如何耽美葳蕤，最终凋落飘零，无踪可寻。可这又有什么呢？物极必反，死死生生，生生死死，来年又是一场轮回，花还会再开，人还会再来。

花间一壶酒，天地分两边。我闲时静看云，远观花，备几阕诗词下酒，花赏半开，酒饮微醺。我要在春日的花田里写几首诗，我若不写诗，花来写，花若不写，蝴蝶来写。

心怀喜悦美好，每个日子都是恩赐，每天都是度假的心情，每天也都有好事情发生。桃红李白柳青，百鸟千花深林，人生有什么好着急的呢？春来满眼，黄鸟一声，慢慢往前走吧。不必把日子过得兵荒马乱，好的人生，不着急，生命总会找到他自己的出路。

亦不再和过往藕断丝连，不论人或事，时光不断把春风、夏雨、秋叶、冬雪、推送到我面前，若再不接住，就倏一下消逝，悔之不及。冬去了，春来了，雾散了，云走了，打水耕田，荷锄采药，心无外物所累，婉如清扬。每个当下，所有美好的事，都值得慢慢品尝，慢慢思量，仔细珍藏。

最喜安静清宁之日，安于当下，不记回不去的曾经，不挂不确定的未来。临池观鱼，披林听鸟；酌酒一杯，弹琴一曲。忽觉人最心无挂碍时，并不是觉得如此好地活着，而是干净通透得如一缕白月光，好像并没有活着，或与一枝花、一株草并无他异，这样的姿态，干净也骄傲。

其实，光阴漫漫，人世潦草，对这个尘世深情以待的人都了不起。

即便光阴老去，亦绝不随波逐流，亦不人云亦云，保持着对山川草木的痴情，保持着内心深沉的静气和盛大的孤独，不往热闹处去，不往欲海里扑，天真和朴素与日俱增，以孑然的姿态，一个人隐着，写几行玲珑小字，读书、养花、远足，一直到身体佝偻、发落齿摇，到动不了的那一天，做一个别人眼里奇怪的老太太，天真着我的天真，我与时光，谁也不输给谁。

人世温暖，岁月情长，做一个内心明朗的人，寄心松竹，取乐鱼鸟，不喧哗，自有声。

「 以花为名 」

　　四月，春天中的春天。雾绕山，雨如烟，布谷鸟啼声时断时续，山村如梦如幻，绿草绿树绿禾苗，好山好水好景色，大地突然无比生动。

　　丰子恺说：实际，一年中最愉快的时节，是从暮春开始的。就气候上说，暮春以前虽然大体逐渐由寒向暖，但变化多端，始终是乍寒乍暖、最难将息的时候。到了暮春，冬天的影响方完全消灭，而一路向暖。此时，春天已经走了一大半，百花开放，蜂鸣蝶舞，桃枝渐透青葱。

　　四月的确是一幅铺开的写意画卷。翠草为裀，花落成褥，村落，炊烟，田地，眼界是广阔的，笔触是细腻的，色调是鲜明的，意境是朦胧的，几个农人，一条黄狗，笔法空灵优美，一派风烟过尽的安逸、恬淡。

　　山有木兮木有枝，心悦君兮君不知。四月是一场雅致的暗恋，悄悄藏在心底，不打扰别人，是不知穿衬衣还是毛衣的小矛盾、小纠结、小尴尬，是岩井俊二的《四月物语》：你不发一语，但清风、凉雨、落花、暖阳都在替你言语。樱吹雪是如此美丽，但更美的是你。

　　汪曾祺在《人间草木》这样描述四月的花：都说梨花像雪，其实苹果花才像雪，雪是厚重的，不是透明的。梨花像什么呢？梨花的瓣子是月亮做的。春色三分，梨花定当占一分，一树的灿然雪白，一树的通体透彻，淡然出尘，超于世外，淡淡梨花溶溶月，月亮的清辉与梨花的素白，到底谁更胜一筹呢？

四月是一场道别。这时春天已经过了三分之二。若还不在意，春色就稍纵即逝。亦有雨淅沥而至，行人愁断肠。《岁时百问》中说：万物生长此时，皆清洁而明净，故谓之清明。清明节，人们开始思念，寒食，蹴鞠，踏青，祓禊，荡秋千，春光收纳到眼里、心里，悄悄珍藏。

花全开了，袭人以香，阳光下有种隐晦神秘的气息，不住地弥漫。这花，瞬时绽放，又瞬时飘零，来来去去，轮回不止，想来，人如花，花如人，并无不同，四时好景，皆有美意，伤春悲秋，只是人的心情在作祟而已。

"门庭春柳碧翠，阶前春草芬芳。春鱼游遍春水，春鸟啼遍春堂。"只是再热闹的景象，也抵不住"春困"二字，人在春风里沉醉，一觉睡到日上三竿，才懒洋洋起来，看一眼窗外，简直春深似海呐，桃花杏花梨花李花都忙不迭地开了，红的粉的白的，乱花渐欲迷人眼，天气也霎雨霎晴，喜忧不定，让人一边欣喜着，一边又生出些许惆怅来。

田间农舍，油菜花不知何时成了主角，把大地渲染得一片金黄，田埂、陇畔是它，短坡、路旁、沟壑也都是它，一身黄金，一身珠宝。村头的桃花粉莹莹开着，白墙灰瓦，一位戴着草帽的老农，扛着锄头，牵扯着"哞哞"叫唤的不情不愿的老牛，从油菜花地的小径间缓缓穿过，画面简直绝美。

农人耕作正忙，孩儿送来饭菜，农人放下锄头，坐在地头，吃一口馒头，就一口野菜，看一眼风景，喝一口春茶，暖暖的小风吹来，让人忘乎所以。

天朗气清，惠风和畅。风也是甜腻腻的，小街巷弄，不知谁家的锅铲呲呲啦啦翻炒着清香，阡陌交通，茅屋篱舍，鸡鸣犬吠几声。四月，它只打造春的绝版，真是狠呢，所以这个美好的季节，古人也不浪费：

"永和九年，岁在癸丑，暮春之初，会于会稽山阴之兰亭，修禊事也。群贤毕至，少长咸集。……

是日也，天朗气清，惠风和畅。仰观宇宙之大，俯察品类之盛，所以游目骋怀，足以极视听之娱，信可乐也。……"

农历三月初三，王羲之与司徒谢安、辞赋家孙绰、矜豪傲物的谢万、高僧支道林等四十二名东晋名流高士，择会稽山水清幽、风景秀丽，谈玄论道，举行风雅集会，此时天气晴好，景色宜人，他们在这里洗濯祈福、引觞曲水，饮酒赋诗，畅叙幽情，实在是太会玩了。

孔老夫子也不闲着。"暮春者，春服既成，冠者五六人，童子六七人，浴乎沂，风乎舞雩，咏而归。夫子喟然叹曰：吾与点也！"

孔子和他的学生们也在一起喝茶聊天，让大家谈谈各自的志向。其中三人，分别想做军事家、经济家、外交家。唯有曾点说，他的理想是，暮春时节，穿好春服，和五六个青年、六七个少年，到沂水河里洗洗澡，在舞雩台上吹吹风，然后唱着歌回来。孔老头一听，开心极了，披野花，戴香草，游山玩水，从容悠然，简直和自己一拍即合，于是立即击掌应和，"曾点和我想的一样的啊！"

　　听说，人在冬天，都告诉自己要耐心等待，咬牙忍着，一直到春天，一回首，雷霆大雨把往事浇灭，冰天雪地早成繁花似锦，幸福不请自来，才会淡然笃定地绽开笑靥，然后捧一杯香茗，和春天一起坐下来，只是，韶光易逝，韶光易逝啊！

「 心里有绿色，出门便是草 」

一个人，把自己与人群隔离开来，躲得远远的，做一朵无色而细碎的小花，比如桂，比如栀子或玉兰，清香远溢，看电视，欢笑，落泪，忧伤，那也是我自己的世界，在每一个不同的人身上，在寻找自己的影子，然后畅然欢笑，匍匐而痛哭。

最好的遇见，是遇见懂你的人，千千万万人中，唯有他知心解意。那样的遇见，如梅逢着雪，蝶遇着花，如一杯茶，在等她倾心的那个人，最好的遇见，是在那扇半开的格子窗下，布衣素食，安度流年，那样的遇见，无言，亦低眉。

可是，千山万水的，人和人又怎么能轻易遇见呢？

半世流离，残山剩水，修修补补的一颗心，在风月轮回里等着，命运兴衰有时，四季枯黄有至，在心里给自己设置一个时限，一天，一周，一月，一年。

如果恰巧花开了，就在春风里等，在小村前的那棵缤纷的桃花树下等，那样的相遇，像是前世的注定，亦是命里的相随，如歌德诗里的少年，看遍山鲜花，两手空空，又万事俱足，一无所有，业已无所缺。

当然，还是不要对这个世界要求太多了，世界在忙自己的事情，你也要做好你自己。世界很多彩，看来看去，还是自己的世界最美，安宁平静。可以看着别人闹腾，也可以自己独坐安静，人生最好的境界，是从无限风光中看出内心的素净。

我情愿在一首诗里等你，交交黄鸟，燕燕于飞，双双瓦雀，点点杨花，"春日宴，绿酒一杯歌一遍"，读寂寞，诉别离，陈祝福，"一川烟草，满城风絮，梅子黄时雨"，我从这一行等到那一行，从逗号等到句号，于字句里沉醉，然后，以你之名，冠我之姓，不为相思，只为开一朵芙蕖。

如果还是没有来，那就等一场雨。山野驿外，流水断桥，梧桐更兼细雨，细细密密丝丝入扣，只是心情有些微微的惆怅，雨水泠泠在耳，在目，在心，若深情有色，定当是雨青，石青，天青，一抹青色，一抹情动，蒙蒙烟雨，山水的眉眼，烟雨的诗心，我慕你好山好水，也慕你清俊少年。

"虫声唧唧，催人泪下。"风声、虫声，声声入耳，让人愁肠百转。我在萧索的秋里等你，见紫上倚靠在矮几上，看庭前花木，非常虚弱地吟咏和歌，"秋风吹来了，荻叶上的露水啊，就要消散了"。我悲从中来，幽幽地说，"世间的露水啊，终归会很快消散，先后都一般"。皇后吟咏后，紫上径自去世，宛如秋露。

　　我在一幅千年的古画里等你。山势逶迤，村落稀疏，茶还冒着热气，童子备来棋盘，清风明月山岗，我们以石为枕，以松果为食，以山泉为饮，手持竹杖，芒鞋布衣，策杖歌芳径，兴到携琴上翠微，访名山古刹，啸山泉清风。画的底色是碧绿，是清风，是清静和自在。

　　我在春日种下一粒花籽，等到来日花开的时候，以鸟鸣为奏，以春风为舞，着春服，备春酒，浴春风，设一场百花的盛宴，与百花亲厚，结为挚友，抽花签、飞花令、斗百草、起歌舞，于花间买醉，沉静的心，在等待里灿然花开，或寂然而败。

　　愿于寻常烟火里等，小桥流水、白云深处的人家，半亩方田，篱笆小院，我是那个抱薪生火，添柴做饭，鸡犬桑麻的农家女子，左手一只艳红的番茄，右手一把俗绿的菠菜，坐在门槛上捡豆子、织毛衣，尝一尝人世间五味俱全的香，把日子越过越散淡，人间至味是清欢，一饭一蔬，都是修行，日子井然简净，朴素的光阴，处处也醉人。

　　若你还没有来，我就等一场雪吧。以冬日里最灼艳的花瓣或最香醇的松枝，在雪地上写你的名，然后于无人处轻声呼唤，所有的故事，让风说给你听，给心装上盔甲，冰雪不侵。禅院梅花点点，几处淡墨浅痕，清绝又秀美，冰雪漫漫，如果你还没有来，风雪归我，孤寂归我。

　　"见客入来，袜划金钗溜，和羞走。倚门回首，却把青梅嗅。"岁月不饶人，我呀，已不再是李清照诗里那娇羞调皮可爱的女子，可我要做一个风情的女子，要剪一头短发，穿旗袍，抹口红，靠在街巷的尽头吸烟，哼曲儿，对回头看我的人妩媚地笑，面上一抹淡笑，心里山河万千，越风情越好。

"人远天涯远，若欲相见，即得相见，善哉善哉你说，你心里有绿色，出门便是草。"

时间一直过去，滔滔地过去，我就这么等着，坐断了几个冬天，又坐熟了几个夏天，或许你从未曾来过，或许你早已经过，不管来或不来，我都在山头那一抹草色里，随喜随缘。

「 农家帖 」

拿着锥子去菜地，左手扶苗，右手用锥子在蒜薹根上一戳往上一划，上面稍微使点力一拔，鲜嫩的新蒜薹就抽了出来。

根根蒜薹头大瓣齐，皮薄如纸，清白似玉，粘辣清香，一根根柔嫩又碧绿，泛着淡淡的雾色，洗净，切段，以盐、醋腌，是最美的下饭菜，用油煎炒，吃起来嫩又香。

这时新蒜也就下来了，铲的铲，挖的挖，提住蒜秆往上一拔，整个蒜秆就呼啦啦到手里了。抖掉根须的泥土，一个个蒜骨朵紧紧衬衬、敦敦实实，像婴孩的拳手般。

剥开，一粒粒白嫩嫩的，空口吃着也香，就自家蒸的麦面馍，大蒜可以吃大半年，吃面，就蒜，也可以用瓶子装起来。调菜。还有一份自给自足的惊喜和自在。

这时节，摆在桌上的还有香椿。谷雨前后采摘了头茬椿芽，香味浓郁，质量上乘，现在到了享受胜利果实的时候了。拿盐腌制起来，瓷盆，大玻璃瓶，小瓮，都腌得满满的，吃的时候，用油一泼，就熬得糊糊的苞谷糁，或是红豆稀饭，给城里馋嘴的孩子们带去。

村前村后、沟上沟下都是满树白花花的槐花，不论是谁家的槐树，你都可以提着长长的勾搭子去够，笼，筐箩，袋子，尽管往满盛。花期也就十多天，若是不采下来吃就败了。村里人挑剔得很，花稍微开得大点的，是入不了眼的，只留下包得紧紧衬衬的小白花骨朵儿和淡绿的萼。带回家洗净，可以清炒、包包子、蒸麦饭。放冰箱冷冻起来，可以一直吃到天寒地冻，大雪封门。

院子里晾晒着干净的白蒿、蒲公英、车前草，待干后存储起来泡水喝，利肝、清火、祛痰。香菜已经冒得很高，长出了细碎的小花，叶子也变成了细长形，但人们可以掐了嫩叶尖继续凉拌来吃，清香可口，别有一番滋味。

邻家的花猫来我家院子玩儿，听说，平时把我家当它家，挨着人身，吃喝都在我家，混得很滋润。现在见了我这样的生人，远远地试探性地挪动步伐，一脸的警惕和嫌弃。讨好地在脚边放食，咪咪咪咪地叫它来吃。不睬我。父亲大踏步走了过去，它却拧身跟着父亲屁颠屁颠地跑了。

邻家院门前几株白色的绣球荚蒾特别繁盛，富贵逼人，但过了几日已经没了气象。梧桐花却一直可以开到七八月。现在桐花一嘟噜一嘟噜挂在空中，像串串喇叭伸出墙外，弄得满村都是袭人的香气。杏树结出青色的小果，硬币大小，在绿叶色庇护下泛着青碧的光，看得人牙根发酸、口舌生津。

　　乡村四月闲人少。都说谷雨前后，种瓜点豆。家里没有种瓜，豆子点了几行。菜地里，茄子、番茄、辣椒也出苗了，母亲找来一堆细棍子，几根细绳，为菜搭架子，上粪施肥，并准备塑料布，等过几日苫起来。棉花籽也种了，现在种棉花的人少了。自家种两三分地，为了为家里做几床新棉被而已。

　　田野碧绿平整，小麦拔节、抽穗。今年吸浆虫肆虐，雨水较多，麦子密闭、透光差，麦叶发黄，农人们身背药箱，一行一行打药，以保花增粒促大穗。同沐浴阳光雨水，草总是见风就长，看着长势汹汹的绿草，人们一边连根拔掉，一边用衣袖揩着从草帽紧压的额头上滴下的汗水，盘算着今年能打几担粮。

　　这时，偶有几只黑色的鸟儿飞来，一会儿落在田埂，一会儿飞到野地里孤零零的树杈。人问什么鸟，答，不是燕子，也不是花雀儿，是"算黄算割"。

　　还要补苞谷苗。清明前后，已经种下。苗也长出了一拃高。只是有一窝没一窝的。有些种子未覆盖好就被鸟啄了去。有的叶子被虫吃成窟窿眼。红薯苗也出来了。在县城里买了肥料。豌豆苗很繁盛了，开着淡淡的小花。看的人心里却想着那碧绿嫩爽的豌豆荚，盘算着届时到地里摘了吃。

　　青箬笠，绿蓑衣，斜风细雨不须归。雨说来就来。不一会儿，天就迷迷蒙蒙了。人们有的拉着车子、掮着农具，和从县城回来的路人打着招呼，慢悠悠往回走。雨中青山，天空白鸟，这农家生活，自有一番悠闲自在、从容自适。

到家，农具靠墙放好，开始做饭。院子的棚子盘了锅灶，柴禾备足，起灶。城里人到农村，就稀罕烧锅，现在不用风箱了，火点着，架硬柴烧，纯靠风，火就呼呼地冒，没有窍道的城里人不一会儿就成了黑脸包公。

面捞到碗里。生葱花、辣面子、花椒粉、细盐撒在面上，用勺子热油一泼，"刺啦"一声，烟雾升起，椒香扑鼻，辣面、花椒和热油的相遇，那是一种注定的味道。多少年以后，还是反复纠缠在人心里。

四月农家，原汁原味、清简如水，一堆散乱而琐碎的光阴，透着人世间的喜悦。

「溪中水、山上云、枝头花」

清晨，雾绕山峦，风在树木间逶迤，我和母亲坐在屋檐下安宁地择香菜。

母亲说，福顺叔让她去挖香菜，她不好意思，只挖了一小笼。看着一大堆又肥又大又绿又嫩的香菜，我说，一笼还少吗？可以吃好几天呢。

"你福顺叔家香菜种了两分地，自己吃不完，又要趁春耕翻地，就只能把地里的香菜全部拔了倒掉。你说多可惜，多可惜呀。"母亲一边说一边懊悔，黑色方口的旧布鞋在地上顿了一下。

择去旁边一些发黄的叶子，细细长长、粗粗壮壮、碧绿碧绿的香菜在手里翻拣，奇异的香气不断勾起人的馋虫。我一边择着香菜，一边望着看不到边的油菜花黄、一树一树的梨花白，只觉桃花最为俗艳，绿叶粉花朵朵妖，斜倚春风凝睇笑，实在不安分。被修剪过的紫荆树干上突兀地开着一团一团的紫荆花，一簇簇月季站在角落轻笑，成双成对的白蝴蝶、花蝴蝶追逐翻飞，鸟嘎嘎叫着倏一下从头顶飞过，烂砖烂瓦都是风景。

其实，平时最喜欢择高处的田埂上坐下，麦苗青青，满眼绿意，大葱顶着葱籽在风里伫立，荠菜花一片片一丛丛开着，丝毫没有退场的样子，菠菜也是，叶子壮大肥硕，枝头结满籽，成片的树木刚刚生出鹅黄色的嫩叶，如色调明快的油画，阡陌纵横，屋宇相连，有人牵着耕牛缓缓走过，有人提着满笼的野菜欢喜回家，锅碗瓢盆叮当一响，炊烟袅袅升起。一切都没有来由的好。

两天没打水，榆木的井盖上落了一层玉兰花瓣，拓着斑驳的树影，拙朴而有意境，经年的光阴，好似都遗落到井里。舀一瓢水烧开，泡了明前的绿茶喝，茶香，花香，水香，分不清，味道都是香喷喷、感觉都是暖洋洋。

耕田，栽瓜，种豆，田园风光对我来说无限诱惑，不断催问父亲庄基地的事情，父亲说快了快了，再等等。可我几乎不能等了，我等不及了。那片地我看了无数遍，独门独院，可闭门读书，隔开尘世喧嚣，可出门远游，会亲朋好友。可是，如果庄基地批不下来怎么办？很简单，那就赖在这里不走了呗。人问，你不回城里挣钱吗？我答，这里好花好草好空气，都不用算计，要钱干什么呢。

最好的风景都在远方，最好的诗歌就在故乡。篱笆围的院子里有蜘蛛在角落安静地结网，油葫芦在干枯的地洞钻进钻出，蟋蟀站在草叶尖上唱歌，那些美人蕉，转红花，指甲花，海棠花，大丽花，一茬又一茬，开开合合，起起落落，都开得扎眼，雨后更是娇嫩无比，如美人沐浴。我在我的格子窗前夏天听雨，冬日观雪，真好呀。

屋檐下也总有说不完的故事。燕雀筑巢，来了又去，风从檐下穿梭，不知从哪里来，也不知往哪里去。院子里总有四季的风景，杏花开了落了，结出指甲大的青杏，核桃树下"毛毛虫"掉了一地，燕雀飞舞盘旋，风软软地吹着，花香熏人，一些说不清道不明的思绪不断从心底浮上来，青枝结南窗，花开不胜绾。

待笼里的香菜择完，腰已经不是自己的了。满手清香。舍不得洗，粘着香菜味泥巴的手更接地气，也粘了一身的云朵和鸟鸣，炊烟，山桃花，无边的绿意，枝影掩映，清风灌耳，野草野花的香不断向你围拢，心情就在一碗青山绿水里欢畅起来。

肚子咕咕叫，母亲把香椿切好，用油和盐拌了，我就馒头端碗吃着，香啊。笸篮、盆里是采好的构絮儿，洗干净准备蒸麦饭。香菜一洗用盐拌了也吃，随手拔了蒜苗油炒也吃，掐了油菜花尖儿也吃，都是清香。

田园风光，日出而作，日落而息，天然，安静，简单，恬淡，拙朴，人的内心需要这样天然的供养，或者说是过滤、洗涤，保持与尘世的距离，热闹时不狂，孤独时不悲，与溪中水、山上云、枝头花一样飘逸、丰盈、圆满。

晚上，风起，微凉，山地、田野、树木都是黑黢黢一片，村庄里的狗偶尔狂吠几声，村庄却更显幽静了，有雨淅沥而至，淋漓不绝，此时再吟诵李山甫的"有时三点两点雨，到处十枝五枝花"就更有意境了。

「 闲看秋风野 」

秋深了。

花椒树脱干净了衣衫，带刺儿的枯枝伸展，呆立在地头，守望着一处荒野地。

坡上的风不紧不慢地吹来，干枯的玉米叶唰唰响着，闲云在天空飘荡，阳光从人背后渐渐绕到面前，它能透过皮肤照到心里最深处，整个人都亮了。

这乡野的风，时暖时凉，有时狂奔任性，有时贴心贴肺。当人搭好棚架，种下辣椒、黄瓜、茄子、西红柿、南瓜、葫芦、豆角的时候，它就携雨而来，那些翠绿的藤蔓缠绕在架上面，上得雨露滋润，下得清风吹拂，风吹一阵，秧苗长一阵，果实累累。

它和阳光，绿草，鸟鸣，雨雪相伴。吹散了云，吹来了雨，吹落了叶，吹开了花。红绿黄白的变幻里，风吹去一程风景，吹来新一程风景。

风最喜在那片坟地盘旋。儿时，天麻麻黑，松林青茂，一个人穿过那片坟地去姥姥家最是胆战心惊，跑得飞快，从沟这头跑下去，再从沟底跑上去，风在耳边呼呼响，人说小孩子的眼睛能看见鬼，我是没有见过，但心里却想了无数个样子的鬼。到了姥姥家，一下扑到姥姥怀里，再也不怕了。如今姥姥走了三十年了，只记得耳畔呼啸而过的风，风一阵阵吹着坟头茂盛的青草，我一个人坐着，却再也不怕了。

我在异乡的城市里，骑着摩托送货奔走，满脸灰土，一头短发被风吹得像把扫帚。光阴一寸一寸，辗转多少城市，经历了多年的风，回到了我的乡野，我见到了我家乡的风。

屋子的南窗下挂着蒜瓣和折下的柿子树枝，窗台上放着几只棉桃，它们也安安静静地在自己的位置上，望天听风。

父亲的普洱茶又添了水，茶杯沿暗红的茶渍，一口口呷着，喝得很香，一斧头一斧头剁砍着风刮下来的杨树枝，整齐堆放在柴房，给冬天存柴禾。刚刚搭建的炭炉子，管道从庭堂高处贯穿而过，通向户外，冬日的风走得快，裹挟着寒气，它来时，家里炉膛拨火，暖烘烘的。

母亲炒了鸡蛋，包了小葱、小蒜、香菜馅儿饺子，母亲的炊烟被风吹歪了，青青袅袅入了云端。饺子热气腾腾，血红的油泼辣子，白生生的蒜泥，我们端着碗蹲在院里就着蒜汁儿吃饺子，也就风。

鸟儿站在枝头，啾啾，喳喳，互相嬉闹，它们也在听风。其实它们的家不在枝头，在天空，每天穿梭来去的地方。

家里放着的老南瓜绿皮变成了黄皮的，柿子收了几大筐，堆放在屋子角落。母亲没完没了地唠叨，红薯、留着的老南瓜，给装起来。田间的软泥生着无名花和杂草。辣椒，柿子，它们也在听风。挂在院墙的那串红柿子，也在听风。光秃秃的树枝上挑着的红柿子，在季节里枯瘦。

麦苗刮倒了，树刮歪了，花被刮得低头了，吹打柴门，敲响纱窗，人们嘟哝着，关门，温酒。

竹篱旁那一丛野菊，在风里将心事独吟，在晚秋里独开，不管如何绚烂，总掩不住一丝寂寞的清凉。微风绕菊，菊的淡、菊的凉、菊的伤，唯有它懂。也在风里滋长，繁花盛开有时，草木凋零有时，一阵风过，此岸已达彼岸。

风还是千年万年地吹着，人是换了一茬又一茬。落叶年年，物是人非，想想，人自是活不过那树，那草，还有风。

长风浩荡，刮过山野，掠过了村头的杨树、桑树的树梢，漫过田野的小麦、土坷垃，吹到我家院子，挂着的玉米、蒜瓣、柿子，吹到我身旁这杯热茶，山光水色，落花满筛，若美人之姿，索性抛书，坐卧随心，喝一口不凉不烫的茶，篷窗瓦屋，烟霞俱足，明月自赊。

听一听风，看一看西风萧瑟，草木荣枯，凝云散去，心都敞亮了，此时，母亲以扫帚扫落叶，以瓷瓮蓄落雨，人间至味是清欢，这清欢，也是因为风。

　　秋风乍起时，黄叶掉落。似乎与世隔绝，不是一群人的热闹，也不是几个人的计较，静静的，就安于这一个人的山水清欢。

「 打落秋核桃 」

　　这山风忽来忽去的沟沟岭岭上，最不缺的就是原生态的核桃了。

　　田地里，小径旁，屋前院后，那些或粗壮苍劲，或盘曲多姿，或颀长纤细的大大小小的核桃树随处可见。

　　核桃树耐寒抗旱，自然生长，不用费事打理。但一棵树从下种、出苗到挂果，也不那么容易，村里人说"桃三杏四梨五年，想吃核桃等九年"，不是没有道理的。

　　老屋门前一棵大核桃树遮天蔽日，从曾爷爷那辈到现在，已经一百多年了，约两人合抱那么粗，高大的树冠把青瓦屋顶遮住了一半，曾爷爷打过这棵树的核桃，爷爷打过这棵树的核桃，父亲也打过这棵树的核桃，如今父亲老了，我们常年在外，树也经年无人看管，只有待核桃自己落下，母亲就提着她的笼去捡拾。

　　几年前，有雀儿在树上造了窝，黑乎乎扁扁的一团，母亲生怕惊扰了它，去的次数更少了，但后来不知为什么，雀儿飞走了，窝巢渐渐也被风吹散了。那株苍老的核桃树依然枝繁叶茂、硕果累累。

每年初春，万物复苏，核桃树挂满小穗儿，小拇指粗的"毛毛虫"一条条吊在树枝下，软绵绵、毛茸茸，像"狗尾巴"，也像帘子，风一吹，飘散出一股清香。调皮的小孩子在树下玩耍，趁别人不注意，便偷偷摘了扔进人脖子里，吓得人又跳又叫。

到了五月，核桃穗儿纷纷扬扬落下，树下铺满了一层漂亮的绿色绒毯，母亲会系着她的花围裙、提着竹篮，细心地把这一条条穗儿收拢起来，然后拿去喂圈里的猪，老母猪总是甩着耳朵、涎着口水，吃得喷香喷香的。

开花一串，结果一担。核桃穗儿落后，新叶满树，枝叶、树杈间，三个、四个、五六个，一簇簇、一团团拥挤着的绿色小果子，像珍珠、像玛瑙、像宝石般泛着摄人的光泽。

仲夏时节，枝叶更加繁茂，蝉在树上竭力嘶鸣，阳光从核桃树的枝叶缝隙间倾泻而下，把院子弄得斑驳而富有诗意，太阳在头顶上白晃晃照着，晒得人躲在屋子里不敢出来。到了夜晚，屋子里热，母亲就在树的阴凉下铺上一张竹席子，抹干净，用粗布床单把肚子一裹，一家人说说笑笑，在树下的席子上度过凉爽的一宿。

而今家中院儿里的这一棵也长得葳蕤高大了，伸展开来的枝叶刚好把院子遮住，只撒漏下来些许光影，风过，那些光影也随风轻摆，像是哼唱着温柔的歌谣。

这次和弟弟专门回来打核桃了。我把梯子顺墙搭好，在秋日暖阳里爬到屋顶，太阳把身体晒得温暖舒意，我顺手拉过一枝伸到眼前的树杈，摘了几只又大又圆的青果，那隐约的清香让人心生快意。但打核桃并不那么容易。我也不是打核桃的好手，这样的事情需要身强力壮的人亲力亲为。

弟弟爬到树上，找结实点的树杈站好，一手抱牢树，一手挥杆子打核桃，用棍子东扫西挡，核桃和树叶哗啦啦雨点般落下，有些核桃敲打在瓦当上咣咣当当响着，然后用长长的钩子钩住树枝使劲一摇，落在地上，我在树下提笼高兴地捡满地的青皮核桃，有时噼里啪啦掉落的核桃也免不了砸到人的头上，把人砸蒙，令人躲避不及。

弟弟打一会儿，就大汗淋漓，两腿发软，风一来，树摇枝摆，惊得母亲赶紧让他下树来。

我找砖块轻轻滚压，蹭掉核桃的绿皮，碧绿浓稠的汁液乱溅。母亲倒省事儿，用她橡胶底儿的鞋子，麻利地用脚一跐，核桃和皮就很不情愿地分离了。

打下来的连着青皮的核桃，堆放在墙角，就那样放上十天，核桃皮松了。这时，我和母亲用棒槌敲打，黄褐色的核桃和青黑色的皮分离，再用手一个个挑拣出来。用砖头敲开硬壳，黄灵灵的核桃显露在眼前。绿色的核桃皮儿很涩，我用大拇指和食指捏着撕掉，露出白净的桃仁，油气十足，柔脆又嫩又香甜，那种苦中带甜的清香，是家乡的味道，也就是土生土长的大自然味道。

很少有人有耐心剥上一碗核桃。剥着吃着，最后只剩手心里的桃仁和满手的绿色浓稠的汁液，而且清洗起来很麻烦，没有一个多星期，那黑乎乎的颜色是洗不干净的。好不容易剥一小碗，就用小米、核桃仁、大红枣、花生、红小豆熬上一锅香喷喷、烂糊糊的粥。

"白露到，打核桃""季节到白露，核桃撑破肚""白露白露，核桃下树"。金秋八月，核桃成熟。白露收核桃。核桃瓤饱满。一场秋雨，天气清冷，风如利刃。满树的核桃你挤我挤你，渐渐绽开一条细细的裂纹，想要奋力挣脱那一层裹在外面的青皮。我们不在家，母亲常常自己端着梯子、拿着棍子去打核桃，让人操心得紧。

核桃打下来堆到院子，一家人拿木棒轻轻一敲，核桃就从那紧裹着的青皮中脱落出来。父亲再一笼一笼、一篮子一篮子地到河里，用筛子淘洗。原先敲出来时，一堆有皮有叶有汁水的核桃，经过清凉凉的河水淘洗，就变得白森森，圆滚滚，一码色的看着就让人舒坦。然后，再将一筐一筐的核桃，倒在瓦房顶上摊开来晾晒。家家户户房顶上都是白花花，黄灿灿的一片，成了秋天里一道好看的风景。

其实县城里经常有人售卖青核桃。他们骑着自行车，带一笼青核桃在后座，一些城里人来逛，也不还价，二三十元一笼卖掉，很便宜。但村里人从来都是吃干核桃的，他们觉得，只有没见过好东西的城里人才吃青核桃。村里人生气互相骂仗时，说人不听劝，会开玩笑狠狠地说对方是"山里的核桃砸着吃"，也就是敬酒不吃吃罚酒的意思。但实际上，"合欢核桃两人同"，核桃本是爱人心心相印的象征，这一点倒让人们给忽视了。

唐代《酉阳杂俎》记："胡桃仁日虾蟆，树高丈许，春初生叶，长三寸，两两相对。三月开花，如栗花，穗苍黄色。结实如青桃，九月熟时，沤烂皮肉，取核内仁为果。北方多种之，以壳薄仁肥者为佳。"说明在距今一千多年前，我们的祖先已经和我们一样，迷上了这体量小巧却营养丰富的核桃了。

而今，这里的核桃被制作成琥珀桃仁、核桃酥等各种美味菜食，有人做青菜核桃馅儿饺子、烙核桃饼、蒸核桃花卷、制作核桃酱，核桃被一筐一筐、一瓶一瓶、一包一包地运往全国各地，没有人知道，它是从这个偏远而安静的村里来的。当然，只要人们知道它的好就行了，至于其他，其实并没有那么要紧。

「银杏叶落扑满怀」

"去年我何有，鸭脚远赠人。人将比鹅毛，贵多不贵珍。虽少未为贵。亦以知我贫。……何用报珠玉，千里来殷勤。"诗人梅尧臣将"鸭脚"（银杏叶）寄赠予欧阳修，欧阳修收到梅尧臣寄赠的银杏叶，感而赋诗："鹅毛赠千里，所重以其人，鸭脚虽百个，得这诚可珍。"

一叶银杏，收纳了无限情谊，这就是"千里送鹅毛，礼轻情谊重"之来由。

近日，去看了终南山下的古观音禅寺的银杏树，霎时，心若玉杵捣花般清香四溢又乱了方寸。

那树，有着一种卓尔不群、淡定超然的气度和一股兵临城下的气派，冠如华盖，遮天蔽日，枝屈曲下垂，密密匝匝，扛着一身的金黄，地上黄叶如锦毯铺盖，硕大的银杏树在风中无言伫立，威风凛凛又深情依依，给古观音禅寺平添了几许神秘和威严，那种美，可真是叫人心惊。

听人讲，这棵银杏树已有一千四百多个年头，是当初李世民亲手栽种，树干粗得五六个小伙子手牵手才能围严实。而今，它已经被栅栏围起来，成为古寺院一个标志性景观，全国各地的游客都慕名而来，在这里合影留念。

春风桃李花开，秋雨梧桐叶落。正说着，一阵风来，满树的黄蝴蝶就铺天盖地地飞落下来，落到了青砖铺就的地板上，随风跌落到栅栏外游人的怀里。

一片片柔嫩光滑的扇形树叶，散发着淡淡的清香，叶子在边缘处分开，又在叶柄合并，不知是一分为二，还是合二为一，或是你中有我、我中有你，根本就无法分得清。故而，银杏树自古以来就被文人雅士当作忠贞爱情的标志，词人李清照曾写下《瑞鹧鸪·双银杏》，将银杏喻与赵明诚患难与共、不离不分的感情，"风韵雍容未甚都，尊前甘桔可为奴。谁怜流落江湖上，玉骨冰肌未肯枯。谁叫并蒂连枝摘，醉后明皇倚太真。居士擘开真有意，要吟风味两家新"。

郭沫若在《银杏》中讲，银杏树有着"端直的株秆""蓬勃的枝条""折扇形青翠的叶片"，具有真、善、美的情怀，并把银杏称为中国的"国树"，对银杏树的喜爱之情溢于字句行间。

而我也是真的喜欢上它了。玲珑有致的黄叶、骨骼清奇的身段、不言不语的低调，那一树黄灿灿的花朵，不卑不亢，不逢迎、不招惹，岁岁守约而至，就那么了然地入了心。

其实，古城的大街小巷不乏这样的银杏树。每到深秋，银杏叶黄，人走在路上，常有一片叶子飘落到你肩上，接着又是一片，落到你发梢，不急不缓地，很悠闲的样子。还有一些，在半空中飞舞几下，再翻转几个跟头，然后悄然落地，还有的叶子，飘落沉寂的只是那么一会儿，当人们的脚步走过，它又会借着风势，起来翻几个跟斗，与行人缠绵接触，实在调皮得紧。它的静远深美，动静相宜，给漫漫秋色添了不少风姿与韵味。

又想起了高中时校园里的那棵大银杏树，同学们去操场走过它，去食堂走过它，在树下读书、做游戏，它高高在上，为同学们遮风挡雨，平常得让人忘了它的存在。每到秋季，小伙伴们就到树下捡银杏叶，在瘦且枯黄的扇叶上写下席慕蓉的诗行，"在长长的一生里为什么，欢乐总是乍现就凋落，走得最急的都是最美的时光……"然后夹在书页里，送给心里默默喜欢的那个人。银杏叶，是大自然给我们的情书，我们把它送给心里最爱的人，落下来的每一片叶，写于其上的每一个字，都是少年最美的情思，装进人的心底里，经年保存。

或许，一棵朴素的银杏叶，承载着许许多多人心底深藏着的美好情结，世间很多美好的风光，原本就一直埋在人心里，待你去打开，释放。

人潮流水般络绎不绝，银杏树悄然屹立，依然满身金黄、满地金黄，把那一片墙角、那一块土地、那一方天空都染黄了。它用枝干托举着每个迎风而立的"黄色小鸟"，风来时，它们"沙沙"地歌唱，清脆而欢快。

听老人说，银杏果和银杏叶都是名贵的药材，可以治疗许多疾病，银杏树是最古老的树种之一，被人们称为"活化石"，其药用价值和历史追溯也值得人们探究。平日走在街道、公园，漫步于山林、野地，银杏树都在左右，将蝴蝶般的叶轻送到怀里，竟然未曾留意。它呀，就是太不张扬了，你来，或者不来，它都在那里，端庄，朴素，融入了城市的山河岁月，走进那些干净而温暖、不被打扰的清梦里。

　　帘外一场冷雨，尘世落满清风。忽觉簌簌扑衣，却是几叶银杏。此时，秋已深深，如夹在泛黄岁月里的一张银杏书签，飘然跌落于怀。

「 浅浅秋凉 」

天骤然凉下来了。

闲云淡逸，一朵朵高高地飘在苍蓝的天际上，优哉游哉地游着，任由夕阳将橘色的光辉洒落到大地，投射出斑驳的阴影。

淡淡白雾遮缠巍巍青山，岑岑，寂寂，庄严，肃穆，似梦似幻。山势轮廓依稀，俨然一幅简洁透明的油画。而那缭绕的白雾，像极了女子围着的白色纱巾。

那女子一定在揽镜自照吧。但怎样看，都是一位不折不扣的朴素憨实的村妇呢：穿着底色葱绿的衣裳，却染着红色、橙色和各种杂色的花朵，头上插着绿色和黄色的发簪，滑稽得让人抿嘴直乐。

山下横着的一条路与竖着的这一条搭成了一个"丁"字。"丁"字的那一"钩"就是家门前那条不长不短的林荫小径。小径总是清幽而静谧的，不知道从什么时候起，就铺上了一层薄薄的落叶。

梧桐树简直有些虚张声势，一副一柱承天、遮天蔽日、坚不可摧的样子，叶子却像是粘在叶柄上一样，轻微的一缕小风吹来，大大的梧桐叶就荡啊荡地掉落了。

忽想起"人烟寒橘柚，秋色老梧桐"的诗句，心里也生出些许凉意，不免有些寂寥和失落。

裸露在空气的肌肤有些冰凉，那种凉意顺着毛孔直沁心脾。心里深处，有什么东西在渐渐远离，或许是某个人，也或许是某件未解的心事，乱乱的，像风掀起的帘栊，忽闪着，一会儿飘起来，一会儿又落下。

西瓜和葡萄也难以入口了。人恹恹的，想着若是能变成一株野草就好了，什么也不关心，哪里也不去，就躲在某块石头的背后，即使山风吹来、细雨打来，也只偶尔懒洋洋探出头，瞄一眼原野的空寂。

樟子松静静伫立在花园，像一位慈祥的长者伸出条条结实的臂膀，默默注视着孤单的行人。观赏桃树显得很忧郁，春日桃花、夏日桃子都先后离它而去，只剩它负载着浓密的绿荫，蹙眉思忖。

对面的黄桷树，将枝叶伸到二楼谁家阳台、窗户，柔和的灯光载着优美的钢琴的旋律破窗而来，心怦然一动。那弹琴的，一定是穿着毛线背心和格子裙的女儿，一边看着曲谱，一边十指如簧灵巧地弹奏。而她的母亲，就坐在她身旁的凳子上，安静地聆听着。

走着走着，才发现不知不觉走进了一个硕大的音乐厅。秋虫鸣声四起，在草丛、在墙角、在树根、在花坛，独唱的、合唱的，嘈嘈切切，长长短短，高高低低。忽有一两只蟋蟀从你面前飞过去，即使你的衣角碰得它打了个趔趄，它也不介意，继续振羽朝它想去的方向。只是，那"唧唧唧""嘟嘟嘟"的叫声是更加响亮了。

金卤灯躲在草丛的铁壳里，发出幽幽蓝蓝的光，世界神秘而安静。

苇塘边的丛丛芦苇在风中瑟瑟，"蒹葭苍苍，白露为霜"，没有在水一方的伊人，母亲的白发却盈盈在目。秋凉了，穿越几十公里的思念能否抵挡住家乡薄寒袭人的深夜……

月亮渐渐升到高楼之上，端庄地浸在五彩的光晕里。好久没有放下胸襟，揽上一怀的月色，欣赏这如水月华了，在来来去去的光阴里，这样的好时光又有多少呢？

不一会儿，露水下来，院里纳凉的竹椅也湿了，回到家，眼皮就打起架来，头一沾藤席，就起了鼾声。

「 好玩的冬天 」

竹帘子、布帘子早早撤下来了，换成了棉花的。

格子窗也糊上了报纸，光透进来，黄黄的，暗暗的，像笼着一层淡淡的薄雾。

棚里的鸡已经叫了几遍。睁开眼，被窝里的身子是暖热的，露在外面的脸却还是冰溜溜的。母亲把孩子的棉衣棉裤撑开，在炉子上左右晃几下，烘暖和了，孩子光溜溜的胳膊就刺溜一下伸了进去。

推开门，院子、草垛、屋顶都是一片白。盛水的大缸也结了冰，得用舀水瓢砸开一个洞，用带着冰碴子的水哗哗啦啦抹了抹脸，水冰得瘆人。

堆在院儿里的柴禾上覆了一层厚厚的积雪，下面挨着柴的地方是硬硬的冰碴子。寻几把干柴禾，生火，做饭，炊烟起了。

孩子们在门外宽阔处玩溜冰，比赛谁滑得远，一个小个头的孩子往后退了几步，猛地往前快速助跑，然后"刺溜"滑了一大截子，惹来一阵欢叫。

田地里的土泛着森森的瓷白的光。路面硬邦邦的，鞋子接触时发出"嘎嘎嘎嘎"的响声，铁锨、锄头、耕犁已入库，在犄角旮旯儿摆放得整整齐齐，但男人也不闲着，该维修的维修，该加楔子的加楔子，以备春耕用。

玉米秆垛子包围着小青石块垒成的茅厕，垛子上是一层白雪制成的羽绒衣。然而没有不透风的墙，如厕时，小风还是"嗖嗖"地往里灌，不到一分钟，屁股蛋子就冰凉。

玩累了的孩子们回家了，在雪水里蹚过的棉窝窝一进门就踢脱了，放在炉盖上，坐下去把白嫩嫩湿乎乎的脚丫子放在煤炉上烤火，红红的火苗，通亮的炉膛，俨然酝酿着一个幸福美满的梦。

谁知过了一会儿，棉鞋就冒了烟，黑条绒的面子被烧了个洞，一股焦煳的味道惹来了大人。

当娘的瞪了孩子一眼，嗔怪了两句，却也舍不得训斥，用牙齿咬断线头，将一对儿刚缝制好的新棉鞋放到孩子脚前。孩子吐吐舌头，朝着母亲歉意地笑了笑，将脚伸进了裹着白纱布的柔软的鞋克朗里。

吃饭了。人人手里端着大洋瓷碗，常年不变的燃面、苞谷糁，却是村里人最爱吃的饭，家家户户都吃这个。燃面是手擀的，剁点葱花、撒上调料，热油一泼，拌和拌和就可以吃了。苞谷糁子是当年的新苞谷打的，熬得糊糊稠稠的，热热乎乎就着腌制的雪里蕻拌黄豆，任谁都能吃两大碗。

中午，白花花的太阳到了头顶，但还是蔫不楞登的没精神，小风依然凛冽。到了这个点，村里的一些爱热闹的人就开始集会了。看谁家门口宽敞、干净，就围了去，在板凳、门墩、碌碡、草垛子上挨挨挤挤地坐下，有的眯着眼睛抽纸烟，有的手抄在袖子里取暖，就五马长枪地谝起来，更多时候，还是爱谝谁家的媳妇人长得好看，干活麻利，饭又做得香。说着说着，一个个就笑得露出了大黄牙上的菜花花。

太阳在天上待的时间很短，一会就不见了。王叔小儿子正在他家地上打包子，每使劲往地上的包子砸一下，就抬起袖子飞快地蹭蹭快要跨过黄河的鼻涕，马蹄袖被鼻涕抹得光溜溜的，像磨亮了的黑铁。他娘斜坐在炕沿，给他缝制棉袖筒。她先找了一块旧线衣裁成长方形，再撕点棉花铺上去，撕扯得薄厚均匀，然后再将同样大小的蓝布放上去，一道道用针线纳好，再窝边、缝合到一起，就成了。

王叔提了绳子和笼，准备下窨子。窨子不深不浅，储藏着红薯和白菜。王叔先拿绳子把笼放下去，再踩着窨子里的台窝，左一下右一下，"大"字形下到窨子底，拾了几个红薯、两棵大白菜，人再踩着台窝上去，把笼里的红薯和大白菜吊上去，又能吃两天。

搭晾在绳子上的衣服早上还是僵硬的，但过了这一个日头，衣服就变得干爽柔软了，那点冰凌也不知什么时候消失殆尽。

傍晚，远处的霞光从天幕下爬上山头，把天边映得透亮，但村庄里显然没有了沸声，安静兀立的土疙瘩、石堆、柴禾场、汽油桶、电线杆子显得有些孤单，草枝、树枝都直愣愣地站着，手爪孤苦无依地伸向空里和四周，瓦房、栅栏、坡地上雪坐得又厚又稳，没有半点消融的意思。

到了天黑，偶有人结伴从小径走过，身影被月光拉成了巨人，窸窸窣窣的脚步和耳语声悄然融进了一截矮墙、一堆草垛黢黑的影子里。

天太冷，也没人凑场子打牌了，家家户户的灯亮着。男人给炕洞里多煨些柴禾和燣子，把炕烘得暖暖的，女人把褥子也铺得厚厚的，盖上七八斤的棉花被子，上面再搭上羊皮袄、棉衣、棉裤，一家人挤在一个炕上，不一会儿，就起了呼噜声。

第二天，雪又下了起来，纷纷扬扬的。

「 快雪时晴帖 」

自天而降者，以雪为最妙。但雪后初霁，山川静美，万籁俱寂，天地清朗，亦觉甚妙。

此时家中小院，积雪未消，白日鲜明，房檐白雪铺盖，院落梅花凝霜，挪椅临窗，裹衣而坐，一杯清茗，一卷老书，享白雪暖阳，观风物好景，更妙。

王维在夜里隔着窗子听见风吹动竹子的声响，清晨开门一看，白雪皑皑，铺满了山头，心头荡漾，提笔写下"隔牖风惊竹，开门雪满山"的诗句，那时的他，心里该是多么清凉与欢喜啊。王维是爱雪的，无论诗与画。他曾作画《雪中芭蕉》，大雪里画了一株翠绿芭蕉。引世人争议：一个是北方寒地之雪，一个是南方热带之蕉，"一棵芭蕉如何能在大雪里不死呢？"

"王维画物，不问四时，桃杏蓉莲，同画一景。"这个叫张彦远的人，才是懂王维的。历来，伟大的艺术家本身就是艺术，抒情寄意，禅法入画，精于绘事者，不以手画，而以心画，正是其可爱可贵之处。而世人"吃饭时不肯吃饭，百种须索，睡时不肯睡，千般计较"，才是真真可笑。

读王羲之《快雪时晴帖》："羲之顿首。快雪时晴。佳想安善。未果。为结。力不次。王羲之顿首。山阴张候。"是说山阴张先生你好，刚才下了一场雪，现在天又转晴了，想必你那里一切都好吧！上次的聚会我没能去，心里很郁闷。你家送信的人说，不能在我这里多停留，要赶快回去，那我就先写这些吧。王羲之敬上。四行行书，二十八个字，只言片语，且不说那书法仙气飘飘，朋友之间的牵挂，即便在寒冷的季节，也觉暖意融融。

冬季小风不寒而厉，吹得人脸颊如冰，积雪的白光也刺得人眼泪直流，抬眼望，冬日的天空高远空阔，没有一丝云彩，亦无飞鸟，时空万物似皆刹然凝于一瞬，让人不知今古、不知终始，乃手不释卷，斜眼一翻。

西湖雪景清幽纯美、超尘拔俗。蒋仁与友人在西湖边的燕天堂相聚，饮酒，吟诗，好不快活，不知不觉喝到了黄昏。蒋仁走出庭院，正是一场快雪之后，雪后初霁，一抹夕阳余晖斜映白色的世界，天地格外澄明通透，蒋仁激动难耐，于是伴着酒意、裹着雪情，援石奏刀，迅疾而成，刻下一枚阳文印章："真水无香"。

你在南方的艳阳里大雪纷飞，我在北方的寒夜里四季如春，大巧若拙，自然即美，在真实的世界寻找生命的安顿之所，其布白严谨，线条流动，且碟笔跳跃前进，一波三折，如水之起伏状，暗合印文"真水"之内容，就是这快雪时晴之景给他的启迪和灵感。

"倚杖望晴雪，溪云几万重。樵人归白屋，寒日下危峰。野火烧冈草，断烟生石松。却回山寺路，闻打暮天钟。"雪霁天晴，空山寒寂，夕阳斜照，贾岛独倚竹杖眺望溪水上的云白如鱼鳞，采樵人缓然走回白雪覆盖的茅舍，闪着冷光的夕日步下危峰。野火烧燃着山上的蔓草，烟烽断续，缭绕着山石中的古松。他正走向返回山寺的道路，远远地，听见了悠扬的暮钟。雪景秀丽素洁，野火也烧不尽冈草，而诗人早有归隐之心，结句清冷，峭直僻苦，世称谓"郊寒岛瘦"，此言不谬矣！

坐时，墙角处斜斜而出的一枝梅，清婉喜人。家人提炉入院，炉膛煨柴，置炭于其上，以干玉米芯引燃，鼓腮而吹，烟、火顿时蹿出，少顷，炭火变红，再提炉入室，室烘然乃热。

不知觉天色渐暗。天地清寒，秦岭隐隐，望其色，空无一色，望其物，空无一物，唯远处茅屋忽现，近处雪拓屋影，寒深风起，遂搬椅回屋小憩。

第三卷

做个清风
朗月人

「 愿全世界的花都好好开着 」

（一）

多年前，在老家县城集市上买了一盆茉莉，让母亲养在土院里。

可能是土肥水厚的缘故吧，仲夏去看它，枝叶被滋养得绿莹莹的，精神得很。正值花期，一朵朵绽放的白花像公主的纱裙，同枝再横斜地伸出两个白色的花骨朵儿，满院子飘着淡淡的清香，立时，整个土院都有了贵气。

母亲又剪枝移栽了两个花盆，长势都很旺。忍不住将长得最好最旺最香的那盆搬上车，拉回城里的家，放在阳台上。

开始学母亲那样，倒点淘米水、把鸡蛋壳扣到土上给它增加营养。闲来就浇水，阳台上有风、有雨、有阳光，就等着它美美地长开、清香四溢。谁知眼看着那花就败落了，枝叶一日日干枯萎缩下去，根也溃烂了。好好的一盆茉莉，竟然就那么香消玉殒了。

我电话问母亲为什么，母亲说，你每天那么忙，没有时间盯管。花和人是一样的，都要用心对待，通风、光照、浇水、施肥都是有讲究的，像你这样饥一顿饱一顿地对它，它怎么能好好活下去呢？

很怕自己喜欢的花花草草在不经意间离我而去，于是只能眼看着每日晚上楼下卖的那一盆盆花草"啧啧"兴叹，迟迟不敢出手再买一盆回来。

（二）

家隔壁住着张奶奶和她老伴儿，她家阳台和我家的相望。

每次见她家阳台葱葱郁郁生机盎然的样子就羡慕得紧。春天的鸢尾、夏天的栀子、秋天的木槿、冬天的一品红开了，我都会深呼吸，趁机多嗅几口花香。

她家的阳台和我家的差不多大，三四平方米，在小小的一个空间里打理出了一个美丽的国度，绿萝爬满墙壁，木制的花架子上高高低低、红红绿绿、重重叠叠地养着各种花草：巴西铁，螺纹铁，红掌，火鹤，绣球，栀子，丁香，木槿，石榴，水仙，蟹爪兰，发财树，还有一些是我叫不出名的。

张奶奶七十五，满头银发，但人一点都不颓，腰板直直的，走路带风。她老伴儿半身不遂八年了，张奶奶养花也八年了。春天到冬天的花，她都一盆盆地买回来，我偶尔帮她搬花，问她怎么这么喜欢花，她说，我家老头子喜欢，想让他一年四季能闻到花的香味儿。

清晨，常见张奶奶提着喷壶给阳台上的植物浇水，认真地挑摘着那些枯枝败叶，拨开枝叶给花草上肥。她的老伴儿，窝在一抹晨曦追光的藤椅上，在弥漫着花香的小王国里，歪着头、斜着嘴、涎着口水，神情迷离。那幅景象，像一幅暖色调的油画，优美祥和。

我想，老伴儿的心里一定正开着一朵芳香馥郁的花吧。

（三）

单位有一位胖胖的女同事，手也肥肥的、全是肉，她侍弄花草实在是行家，窗台、地上、办公室桌都是瓶瓶罐罐枝枝叶叶，最神奇的是，她从其他地方剪一些枝杈插到土里、瓶子里，那枝芽就得了圣水般成活、疯长起来。

每次进她办公室，都会被那些花花草草夺了眼球、吸引了去，然后好奇地逗弄那些娇嫩的小东西。

我们的早点都是千年不变牛奶面包凑合地吃，但她每天都早起，给老公和儿子做好早点才来上班，还变着花样地带着自己做的香椿、辣椒炒鸡蛋、卤蛋给我们品尝，一袋鸡爪、一角千层饼，都是她亲自下厨做好。

她真胖，但男人都羡慕能娶到这样的女人。因为，她把每天的生活都打理成了一幅画、一朵花，像她桌上瓶中的那朵青莲。和这样的女人过日子，温暖生香。

（四）

和爱人去了长安区的航天基地，很偏僻的地方，却发现了大大的宝藏。

大片大片的薰衣草、波斯菊、秋樱、串串红、鸡冠花、鼠尾草、金盏菊花田，在初秋的天气里，这些花儿自顾自地开着，红艳艳、紫莹莹、粉嘟嘟、黄灿灿，任性地招惹着你。

就连基地门口大树下的花坛里，一盆盆孔雀草也开着黄的橙的花，挨挨挤挤地排列起来看着你，实在可爱至极。

我拿着手机拍，选各种角度。拍完了，该走了，又恋恋不舍。四下张望，偌大的基地，竟空无一人。我看着爱人，又斜着眼睛看着花，努了努下巴，"嘿嘿"干笑了两声。他史无前例地会意了。

爱人脱了白色短袖，铺开衣服往下一落，轻轻覆盖住一个小花盆。我穿着大花裙子，站在花坛上瞭望，确信无人，对他点点头。他拿衣服裹住花盆，一兜，把手背到后面，装作若无其事地散步，向对面马路的车踱过去，我亦步亦趋，在后面打着掩护。俩人胆战心惊地把花盆搬到了路对面的车上。

秋风送爽的天气，他的额头、背上竟然沁出了一层虚汗。我们上了车，发动，都不说话，提着气"呜"地一下把车开到老远才在路边停下来，然后哈哈大笑。

爱人长得黑乎乎的，一个粗枝大叶的糙男人，但每次看到那些盛开的花儿，他的眼神就迷离如梦幻，轻抚着花枝的手也变得温柔起来。

而我，就是被那种温柔迷倒的。

（五）

我心里，花草是世界上最美好的事物。

从闹市到深山，小巧玲珑的、雍容华贵的、娇艳逼人的闲花野草，片片红霞、团团白雪、朵朵黄云，不分青红皂白地开着，不管你是衔它于发髻，或是别它于耳际，它只管娉婷于你鼻息间，以千娇百媚的姿态、浓郁醉人的香气不负责任地诱惑着你，把你的心一点一点浸泡、软化、消融，不管你是多么浮躁、愠怒、不安、坚硬，这一刻都安静、温柔了下来。

每个喜欢花草的人，久而久之，都染上了一颗柔软而美好的心。

愿全世界的花都好好开着。岁月像蝴蝶飞去，我们沿路走着，即使烟雨不散，也会花香染衣。

「 **聪明正直，果然似我** 」

一想到和故人的约，心里的虫子就四处乱爬，又酥又痒，那种温暖如泪水，潺潺汩汩，清澈明目，千万里的奔赴，也要去的，何况是天下第一山。

前日听笨聪堂弟说，他曾于夜里租二十元一件的军大衣、软垫子，晚上十点开始上山，排队购票，点灯熬油等着登山看日出，裹着大衣，从泰山红门开始攀爬，到了夜里一两点最难熬，五点半左右到南天门，喝一瓶脉动，吃两只茶叶蛋，走路腿打战，一路坐下就打呼噜，像我这样风都能吹跑的人最好别去凑热闹。

我听了倒是摩拳擦掌、兴致更浓，看景不如听景，这种想得却不可得的距离，反而对人是更大的一种诱惑，爬山的过程本就是令人向往的美丽之路呀。

想想，这一年之约隔了多少家里家外的事务啊。借清明假日，从笨聪老家菏泽的成武车站坐去济南，原定四个小时车程，路上一路的堵，走了六个小时，友人从阳信开车去济南与我们汇合，两个半小时路程，在济南车站足足等了我们四个小时，感动都在内心妥妥放着。

但心怀期待的人就是这样，即使冰天雪地，心里一直是桃花朵朵开，千里万里、千辛万苦、千难万险也不觉得苦，装了一颗颤巍巍的心，跌跌撞撞熙熙攘攘去往下一站。

济南长途车总站门前，高楼林立，霓虹闪烁，人来人往，冷风凛冽，夜色深邃得让人琢磨不透。友人身影就那样晃悠悠地出现在眼前，两人就那么抱在一起，心里暖烘烘，虽然又是一个多小时车程，但路上吃着雪饼，喝着热茶，一点也不孤单。我相信生活需要深沉的友情去装扮，再长的路都会好看。

晚上我们在泰安回民街吃烧烤。街道陌生，灯光昏黄，几人喝烧酒，吃烤肉，一盘毛豆花生，一盘酸辣白菜，我们谈着孩子和家庭琐事，谈着友人新开张的酒店，友情升温、快乐满杯，我们此时安坐，没有过去，没有从前，我们专注当下，也心怀远山。

泰山的四月清晨，山青水碧，日暖风和，干净得像孩子的眉眼，清清爽爽，透彻湿润，披着淡淡的绿、嫩嫩的黄，大气稳重。山道两旁连翘开得繁盛，很多人以为是迎春。但更多人都忙地爬山，没有谁在意它的存在，它也自顾自纷纷开且落，不讨好，也不招摇。

我们和友人缓缓上山，本就是行走在春风里，山高水长，我们都会慢慢地走。野草山花，清泉白石，清风拂面，春满枝头，如临画中。

这个年纪再不服老，体力已经不济，更别说有腿伤了。后来才知，友人尚且腿部半月板有损伤，不宜走长路，好在当日风力三到四级，索道正常开放，免了汗流浃背、腰酸背痛的劳顿，倒也轻松自在，然后一边走一边搜肠刮肚、吟风颂月，也算对得起这一大名山了。

从中天门排队进索道，一边欣赏风景。说实在，一路莽莽苍苍、高山逶迤，不觉有多好看，后来才知道，几千年来，泰山一直受到帝王和朝廷的严格保护，"禁樵采"，皇帝登山修路，亦"树当道者不伐"，但索道的修建给泰山造成一系列破坏性后果，乘坐索道也少了登山之乐，因而有人说索道上，索道下，索然无味。

其实无妨。人这一生，免不了有缺憾，缺憾本身不重要，重要的是缺憾外的东西。

很快到了南天门，进入道教主流全真派圣地——碧霞祠。殿内雕梁画栋，金光璀璨，泰山奶奶端坐神龛，凤冠霞帔，慈颜安详端庄，照察人间一切善恶，接受万人叩首跪拜。祠中陈道长，以童子之身修行，眉目干净，鹤发童颜，与友人乃是旧相识，指引我们跪拜、供香，赠予开光法袍，围巾。叮嘱法袍置于衣柜，消灾赐福，且允许我们请几只供果带回，沾染仙灵之气。

禅乐、香火、幽谷、深山、溪涧、野花，生活里不一定每件事情都有意义，但我们要把它过得有意思，有趣味，渐渐懂得，这种生活的仪式感，是一种智慧，也是一种胸怀。

相比低头登山，更喜玩味这山上石刻。听说，泰山石刻从形制上分，大致可分为石碣、石阙、碑刻、摩崖碑刻、墓志、经幢、造像记及石造像、画像石和题名题诗题记9种。抛开艺术价值不讲，仅凭着个人喜好，对石碣、石阙、碑刻、摩崖碑刻更为钟爱。"五岳独尊"，七百里鲁望，北瞻何岩岩，显示泰山为五岳之宗的崇高地位，睥睨群山，霸气有余却内敛不足。"登峰造极""置身霄汉"，"天地同攸""壁立万仞""洞天福地"亦引人入胜，"万法唯识"来自佛教用语"三界唯心，万法唯识"，如杨绛先生言，世界是自己的，与他人毫无干系。一处是在泰山万仙楼北侧盘路之西，有一摩崖石刻"虫二"，有趣得紧，水天一色，风月无边，风趣雅致，"千山闻鸟语，万壑走松风"。

最为喜爱的有两处石刻。一处为上玉皇顶时山道旁的小石刻"聪明正直"，一个人聪明可以，但能做到正直却不容易。聪明正直者为神。愿我们每个人都能内心明亮，聪明正直；另一处为南天门附近摩崖石刻"果然似我"，题写人为徐岩。"诗经"曰：泰山岩岩，鲁邦所居。说的是泰山岩石突兀，非常雄伟。是啊，他叫"徐岩"，果然似他，不足为奇。

天街商铺林立，亦市亦街，我买了铃铛招财猫，一个石敢当，一个稻草人，生活里的破碎，需要深爱去弥补，以真情呵护。不去登顶了，上不封顶。就站在观景台看看，然后再听笨聪寅诵一番《望岳》："岱宗夫如何？齐鲁青未了。造化钟神秀，阴阳割昏晓。荡胸生层云，决眦入归鸟。会当凌绝顶，一览众山小。"那朗朗的声音攀到了山顶，也消融到群山、深林、雾霭中。

下山后，随友人去了阳信，小城宽阔安宁，街道两旁的小碎花在春风里开着，我们看了万亩梨园后，在一家小店坐下，要了一碗老豆腐，豆腐又滑又香，汤上漂着香菜和芝麻酱，太阳慢慢地照下来，时间很快过去，人生，终归是一场又一场的奔赴、一场又一场的告别，有伤感，也有感恩。

天涯很远，我们很近，因了这个，遗憾，便恰到好处。

「 孤花拙器，快意如斯 」

孤花拙器，简单素净，窗外的阳光，墙角的阴影，恰到好处地构成美。

不能再多了。再添一件都是多余，都是累赘。那一抱小雏菊安静地待在花盆里，黄色的小花仰着小脸望着你，如淡妆的小女子，很讨喜。

此时，寂寂陋室，满室盈香。

安静，是内心的修持，可惜，世间太多事都是打扰，撇不清。欲独享一份清净，只有向内寻取，这样也好，湖光山色如何，一低眉一颦笑，一投手一顿足，跟随内心驱遣。如此，最自在，亦最简单。

外出散步，亦非山清水秀之处不可，景色宜人固然让人欢喜，若屋舍倾颓、白墙斑驳、野草横生，也自有一番意趣。万物盛极必衰，昔日繁华，今日破败，都是美。此谓：虽不自由而不生不自由之念，虽不足而不生不足之念，虽不畅而不怀不畅之念。

听闻，花有色则无香，有香则无色。如含笑，异香熏人，却了无姿色，由此观，万事岂可求全？人人二字似是而非。你自以为好的，别人不以为好。有人寄情于山水，有人移情于花草，皆是自然。若让一个不爱花的人去赏花，也是不可取的。如鲁迅所写，"吐两口血，扶着丫鬟，到阶前看秋海棠"，不仅是强人所难，简直就是折磨人家了。

梁实秋讲：人吃到老，活到老，经过多少狂风暴雨惊涛骇浪，还能双肩承一喙，俯仰天地间，应该算是幸事。一个人能够"俯仰天地"，一定是活得旷达、活得通透了，岁有枯荣，人有生老，只能照单全收，人生最曼妙的风景，是内心的淡定和从容，待将世事一一经过，千帆过尽，再热烈之物都成平常。

想起米芾的《适意帖》里那句"人生贵适意"，顿时豁然。万事推开了去，家有居室，杯中有酒，锅中有肉，人生至此，岂不快哉？

"人生贵得适意耳，何能羁宦数千里以要名爵。"

晋文学家张季鹰在齐王处做官时，某一日，见秋风乍起，想念家里秋日美味菰菜羹和鲈鱼脍，说出这句话，便辞官归乡。有人问他："你总想着潇洒一时，就不管别人怎么看你吗？"他说："就算我名垂青史，也抵不上现在喝杯酒。"

这位张生，也算是一性情中人，名禄富贵、青史留名，怎能抵得过他心中的那一份快意？率性如斯，简直任性。

万事不如杯在手，一年几见月当空。待秋夜，明月高悬，虫鸣四起，

桂香满庭，西凤二两，自斟自酌，寂寞也别有一番滋味。

几杯入肠，菊花、虫鸣、秋风、落叶、月色，无物不可下酒，人与"海棠"俱醉。

野花艳目，不必牡丹，村酒醋人，何须绿蚁。一个人难得识得世界，又识得自己，那份心思，不薄，不厚，不浓，不淡，刚好自持，又极快意。

「择一城终老，许一世安好」

每个人心里都有自己的一座城。这座城不算太大，民风淳朴，山清水秀，人来人去，空气也好，城的上空是一角明媚的蓝天和不时掠过天际的飞鸟，人们风轻闻鸟鸣，雨住听虫吟，花前观蝶舞，月下赏琴音，安逸散淡地过活。

每逢夏初，落花满径，苍苔盈阶，一池碧水，雨打在荷叶上啪啪作响，千点万点飞入池塘，一群白鸽落在房顶的青瓦上左瞧瞧右瞅瞅，屋檐下有风穿过，白发的母亲在柿子树下忙碌，房顶升起袅袅炊烟，儿女们学着自己腌咸菜、蒸馒头，在寻常的烟火里深尝世味。

最喜这一处动静皆宜、慢生活的小院。春天油菜花大片大片开着，夏季蔷薇爬满墙头，秋季里葡萄下架，冬日里白雪村庄，每一朵花都有前世，每一片雪都有来世，都是变幻着的风景，处处可亲，墙根下花草葱茏，有虫子鸣唱，小鸡啄食，凉风轻翻书页，日子慢慢过，人慢慢活，世事变得云淡风轻、波澜不惊。

风和日丽的春天，我们在房前屋后种菜种瓜，在院子里晒晒太阳，逗逗狗，看小野猫在小院儿里东跑西跳地觅食，展着长长的身体伸出锋

利的前爪，我坐拥桃李春风梨涡浅笑，心里点了一炉香，喓喓草虫，整个都是亮堂堂。

夏天看微雨落花，嗅清露莲荷，听蝉拼命在树上嘶叫，雨后的田地湿气蒸腾，我和几个老友坐在核桃树斑驳的树叶影子下，喝喝茶、看看书、弄弄花草，鸟度青山里，人行明镜中，隔窗听细雨，一起看流年飞逝，一起看岁月静好。

秋来，长风浩荡，问桑麻，说粳稻，三三两两人，相谈一晌，田地紫绿红橙，气象万千，硕果累累又五味杂陈，一阵秋风吹过窗棂，落红满地，树叶飘零，顿觉内心惆怅、秋雨甚凉，但总有一个人陪在身旁。

清澈无尘的冬日，白晃晃的雪光照进窗棂，还有几粒扑到玻璃上，不一会化成了水溜下去，在玻璃上留下了一道道浅浅的水痕，窗外白雪红梅，寒山瘦水。屋里蜂窝煤的炉子上坐了一壶水噗噗响着，我起身泡了一杯茶，坐下来铺开宣纸、润笔、蘸墨，一笔一笔写下几个字：岁月静好。

一杯淡茶，两盏薄酒，几卷文章，可抵半生尘梦。平平常常的日子里，光阴如烟水缥缈，一路上的风霜雨雪都要看，有时悲欢，有时静默，唯有内心明亮，处处皆是桃源。

与一人相守，择一城终老，许一世安好。有人说，爱上一座城，是因为城里住着某个喜欢的人。这城里，有我沧海桑田的家，有我想要的那杯茶，有我愿意守的那个人。那个人呀，即使我老得满头白发，他还是会采了路边的小花戴在我头上，牵着枯瘦如柴的手，一起在时光的河流里走啊走。我呀，深爱这城里动人心肠的风景，温柔心见温柔心，素心人对素心花。

清晨，我捆起头上的黑发，素手煲一锅汤，放两颗红枣，几粒枸杞，锅里热气渐渐弥漫，打开收音机，放一曲舒缓的音乐，窗外，天气晴和，阳光正好，这样的日子，一过就是几百年。

「 厚意 」

经过时光磨砺的东西，厚实而有质感。

翁偶虹为程砚秋先生写戏，程先生说：翁先生，要写出厚意，多用长短句……这样起承转合就非常动人。

那种厚意，就是层次的饱满和丰盈，值得人反复推敲琢磨，老而有味儿。一些太年轻的东西，华丽花俏，没有分量，轻飘飘的。

看《朗读者》，听斯琴高娃朗读贾平凹老师的《写给母亲》："人死如睡，我觉得我妈没有死……现实告诉着我妈是死了，我在地上，她在地下，阴阳两隔，母子再也难以相见，顿时热泪肆流，长声哭泣。"

东船西舫悄无言。此时无声胜有声。

斯琴高娃老师一字一句、字字句句都是深情厚意，那音色里，有着被岁月凋零的沧桑，在深情的推动下，声气平稳、跌宕、薄厚、情绪分寸的拿捏不重不轻、恰到好处。场上听众骤然色变、唏嘘声起。

《写给母亲》是 2010 年贾平凹写给母亲的悼文，那一年，贾老师 58 岁。整篇文章没有一个形容词，没有任何煽情的字句，都是寻常琐事，但这样的文字却让人泪流不已、一读再读。唯有贾老师能写出那样的厚度，也唯有斯琴高娃能读出那样的厚意。

有些东西，没有时光的包浆，没有好的成色。好的演员；越老越沉练妩媚，演任何角色都是入木三分，臻于化境，浑身上下一颦一笑都是戏。没到一定的年纪、没有一定的经历，是不会有那样老到的功力的。

雪小禅老师书中讲，京剧名旦李世济，年轻时演戏，上了场太花哨，动作太娇，折损了程派的沉稳端丽。但是越老越让人喜欢，没有了斧凿之痕迹，因为，光阴给了她沧桑，声音沉了下来，像坠了金属一般。

少年孟浪、轻狂，是翻飞的蝴蝶，老年厚实、沉稳，如蛰伏的虫，寂寂而不动声色，不轻佻，不轻薄。一切事情都冷眼观察、盘算掂量，那种岁月沉香的厚重、厚实，不似春光，胜似春光。

"谁念西风独自凉，萧萧黄叶闭疏窗，沉思往事立残阳。"如此伤感、隽永、厚实、荡人心魄的文字，却是一位少年人的手笔。

出身豪门，钟鸣鼎食，平步宦海，却落拓无羁、轻取功名，本就有种常人难以体察的矛盾感受和无形的心理压抑，成婚三年，妻子亡故，后续难圆旧时梦，传奇的经历和遭遇，更使他的词附着一种深沉厚重和婉丽凄清，令人哀乐不知所主、感伤无法卒读。

那时，人未老，心已老了，三十一岁，匆匆辞世。他叫纳兰容若。

诗和书画都会随着时光的积累越发成熟，当然如此。

庾信的文章到了老年笔力更加雄健，杜甫晚年的律诗也显示出非凡的艺术功力，攀登了诗歌的高峰。齐白石六十岁以前的画尚未成熟，还欠缺火候，六十岁以后才像样，此后渐入佳境、越画越大气，到了七八十岁就达到巅峰了。

孙过庭在《书谱》中说："初谓未及，中则过之，后乃通会，通会之际，人书俱老。"书法的初期往往是不熟练的，而中期却过犹不及，只有到了后期，才能融会贯通。融会贯通的时候，人已年老了，而书法历练也久了。

皓首穷经，是真正达到了人书俱老的境界。每位习书法之人，都希望自己的书法能达到老到、老辣、老练的境界，如果老而朴、老而厚、老而醇更是高妙了。人未老、书已老，世上更无几人。

书老了，就成了旧书，"旧书不厌百回读"。人老了，皱纹宛如屋檐上生满绿锈的青瓦，摇曳着荒草，守着静静的光阴，站成了一季丰厚的秋。

「 做个清风朗月人 」

不知不觉间四十年倏忽而过，镜中人已是满面霜尘。这岁月的刀啊，历来不会薄了谁，又厚了谁，一刀一刀都刻在脸上，无从躲避，这一生去了多少，来了多少，没能计算，只是人就是在这来来去去中雕刻成了这番模样。

心越来越低，低得可以盛装一切美好。见白发的老人相携搀扶行至马路中间，刚好红灯亮，所有车辆停在线内，无一鸣笛行驶，待老人缓慢走过，才缓缓启动，内心顿时巨浪滔天又敬穆肃然，世间万般，唯有善最动人心。

这爬满了一墙的黄色木香，安静动人，有情侣路过驻足、拍照，留存世间一切美好，你美好，我亦美好着。在窗前泡一杯茶，茶盘深深光洁湿润，茶叶上下翻腾舒展跌宕，茶气弥漫茶香氤氲，一片树影落进茶来，心下骤然更加欢欣。

母亲清早从不远的集市上采购了新鲜的芹菜、西红柿和猪肉，说是菜鲜价廉，一脸欢悦，然后清洗、烹调，忙餐食之事。普通平凡，一日三餐，但总有让她愉悦之事。

见那无人经管的野猫，上蹿下跳，即便呵斥也不仓皇逃窜，为一根鱼骨头与人迂回周旋，刁蛮调皮。但同为猫辈，女儿从外地购回的虎斑小猫接回家已七日有余，不吃不喝，瘦成皮包骨头，终日卧于膝怀、蜷缩在沙发，或呆呆望着橱柜，医曰，小猫患厌食，或天生患有肾衰竭病症。小猫何辜，尚未接触风霜，也未品尝美好，竟就这般光景，不由加倍关注呵护，与其温言软语，若真是它最后的日子，也只愿时时将它搂于怀中，让它觉察人世的温情与暖意。

想起来，人活于世，总有上天安排的不同命运，有不能不舍弃的烦恼，有不得不面对的离散，走得久了，大事小事皆平常之事，所有的深爱说到底都是慈悲，一切的经历阅历最后都是修行。

小院的芍药正开至第四日。桃红的花灿若彤云，大小共十九朵，每日白天绽开，晚上闭合，一直开六日而凋。看见赤霞红绡，红肥绿瘦，心情亦更加宽阔。其实，草木润性，尘沸乱心，多闻草木少识人，是正途。昨日一花开，今日一花开，今日花正好，昨日花已老，花落又花开，皆是养心地，亦是一场人与草木的清欢。

院里的土地有些潮湿。油菜鼓胀着肚子，全身结满了菜籽，还有尚未开败的黄花，蜜蜂这朵采采那朵采采，扇动翅膀飞来飞去，猪耳草也展着肥大的叶，擎起麦穗一样的籽，在风里轻摆。蒜薹已被抽取，蒜叶无力地耷拉在地皮上，葱也满意地结着自己的籽，一排排站立，李、杏都结了银圆大的青果，忍不住摘下一颗品尝，酸溜溜的，却又馋人。

母亲找来长长的铁钩，够了一大把香椿，准备满足我们的口腹之欲。农家小院历来分外动人，你想种菜种花、种树种瓜，都随心，不管是万紫千红的妖娆，还是实实在在的碧绿，都是一剂催情的药，让人心痒痒的、乱乱的，三魂被勾走了六魄。

趁墒情正好，母亲又移栽了隔壁婶子家的几株牡丹，撒下了一包菊花籽。

两把竹椅，一地碎阳，满园花香，一年四季，小院风光无限，看树影怎样斑驳地爬进窗棂，看暖阳如何从东移到西，把繁花的图案拓印在地面，一日又一日，一茬接着一茬，都是看不完的景。此时，阳光透过密密匝匝的树叶洒在母亲身上，时光忽然不动，现世安稳，岁月静好，不过如此。

想起林语堂所说，人生幸福无非四件事：一是睡在自家床上；二是吃父母做的饭菜；三是听爱人讲情话；四是跟孩子做游戏。我就是这样，爱这坦荡荡、明晃晃的日子，缠绵不已。谁说不是？人世复杂，只想尽量活得简单明了。不望富贵闻达功名显赫，你过你的千树万树梨花开，我过我的大漠孤烟直和长河落日圆，所有需索，皆向内求。

佛说：柔和者，自然善良。大度者，自然超脱。深远者，自然开阔。有容者，自然喜悦。世间万般深深体悟，竟觉滋味越来越淡，恰恰是人说的，到底是沧海桑田经过，终究才落得如此云淡风轻。

黄昏的时候，天又落雨了，清清凉凉，飘落在花草枝叶，飘落在发丝、肩头，尘世的雨，偶尔一两滴，轻轻滑进心里的千丘万壑，来去无声，亦无踪。这样的夜晚，虫嘶、鸟鸣，均不见了，只有刷刷刷的声音，不读书，亦不写字了，就关了灯，听雨吧，一定在某一处某一人，与我一样，怀一颗清凉心，隔窗听雨，细数黄昏。

我等凡人，欲行在诗里，活在画中，但又人在江湖，总有不得已之事，难免闻喧闹嘈杂之音，素常岁月，不论人在何处，只要心中有寸干净之地，即便世界落满尘埃，亦自会陶然忘机，人生短短不过百年，做个清风朗月人，总信，好风自至，唯内心安静，才得一份从容。

「 鲜衣怒马，不如回家种花 」

人心小了，小事就变大了，鸡毛蒜皮都弄得鸡飞狗跳，烦扰了别人，自己也安宁不了。人心大了，大事也就都化小了，举千钧若扛一羽，凡事云淡风轻，没有什么值得大惊小怪。

人这一辈子，时光匆匆，背的负累太多，连喘口气也不易，设计得太拥挤，就缺少一个转身的余地。很多衣着光鲜的人，内心却没个安稳，表面风光，背后受创，看似春风得意，实则彷徨沧桑，受的那份罪只有自己慢慢品尝。

在名利欲望里打滚，像是掉进泥淖，越扑腾陷得越深，在金钱权势里深钻，像是在转螺丝钉，转得越深越费力，别人眼里的轰轰烈烈、风风光光，怎样也比不上内心的自自在在、坦坦荡荡。

杨绛先生说，人生最曼妙的风景，是内心的淡定与从容。竹篱前看花开，芸窗下听蝉鸣，得意时不招摇，失意时不颓废，云中世界，静里乾坤，这个世界上没有什么能打败一颗平常淡然的心。

"十分冷淡存知己，一曲微茫度此生。"人心之花，亦让它开合随意，不为取悦而刻意，不为得到而费力。不论是乱世飘零，还是岁月静好，张充和先生都以与世无争的心，保持着对名利的淡漠、对感情的坦然，随遇而安却又安之若素，像一朵在细风中浅笑的茉莉花，让人在寂然宁静的时候，轻嗅她散发出来的淡淡幽香。

人生这一路，一程程风雨，一程程泥淖，所有的苍白、单调、寂寞、疲累都装进口袋，不如做一棵路旁的千年古树，或桌上那一杯陈年的老茶，把光阴的赠予凝缩成一颗坦然平静、不悲不喜、不惊不扰的心。

无色即至色，沉默乃绝响。心如日月明净，身以繁花不惊，不因谗言而沸腾，不因微词而冰冷，无故加之而不怒，卒然临之而不惊。从容，是识得了自己，安详，是装得下他人。旋马之地，能坦然接纳的他人，就是对世界最大的善待。

表面风光，是活在别人的眼里，内心安详，才活成了自己喜欢的模样。

于是王朔在写给女儿的信中这样写道：煲汤比写诗重要，自己的手艺比男人重要，头发和胸和腰和屁股比脸蛋重要，内心强大到混蛋比什么都重要。

时光如流，鸟飞去，又飞回，回来的，已不是原来那只鸟。花时间去讨厌一个人，便少了时间去喜欢一个人，花时间纠结不快乐的事情，就少了时间投入快乐的事情。

简简单单一首诗，清清浅浅一幅画，从从容容一杯酒，平平淡淡一杯茶。形形色色，千姿百态，嚣嚣人海，都若浮云飘过，唯有那个风轻云淡的人教人心折。

岁月静好，不如内心安好；表面风光，不如内心安详；鲜衣怒马，不如回家种花。

身居陋室，心静如莲开，纵无珠玉，亦折梅而舞，红尘滚滚，亦无物乱心。如赵朴初诗云："七碗受至味，一壶得真趣。空持千百偈，不如吃茶去。"生活不必太过绚烂，一把素壶，一杯淡茶，喝它一个忘尘出世，喝它一个气定神闲。

万事漂泊无定，将心妥善安排，大千世界，万丈红尘，自有一段繁华。

「 我心素已闲 」

日子长了，像瓦檐上的青苔，一层层密实地挤成一片，不知道说什么好。

一直奇怪，没有琼浆玉液滋润，只不过是虚无里吹来的一阵野风、一场冷雨，这绒毯模样的物种，怎么会生得这么茂盛。

庭院宽阔，任飞鸟来去、鸡鹅乱跑，花儿任性开放，晨露未晞，雾蒙蒙的气息，像是笼了一层薄纱。架子上黄瓜顶着小黄花，可随手摘取，西红柿藏在叶子后面，把脸都憋红了，辣椒一条条肃手而立，服服帖帖的。

山虫渐息，初蝉始鸣。一家家的木门"吱扭"一声拉开了，瓮响、盆响、瓢响，母亲一遍遍唤孩子起床，孩子耍赖不愿上学，迷糊中被母亲拽拉着套上背心、裤衩，又闭着眼睛撩了两掬清水，抹了脸，斜挎着书包不情不愿地去学校了。男人穿着背心拖鞋，收拾里外，开始一天活计。

一小桌，一矮凳。幽静简单的日子，最享受，莫过于庭院小坐，一杯老白茶，茶香含蓄悠长，香气若有似无，些许惆怅，些许惬意，些许不思来日的安宁，且不说茶的浓淡，啜一口，茶中的风月，茶中的禅意，自现。一盏清茶，满墙花事，同样的茶，不同的人去品，其千百种滋味，各不相同。

曾看七堇年的《昨夜以前的星光》：一生有许多日夜并不欢愉，有人为我们沏了一碗感情深挚的热茶，我们却总说来日方长，于是将茶碗搁置。待花间一游再回，或他处小酌而归，以为她仍旧会热香扑鼻地等在那里，殊不知这世上回首之间，便是人走茶凉。

所谓清福，有人以清为福，有人却以其为苦，各人体悟不同罢了。

午后，冷雨飘洒，桐花七零八落，地面狼藉，如铺茵褥，叫人想起"桐花万里丹山路"的句子来，虽是气势滃滃，然开也烂漫，落也缤纷，无人拾取，不由伤春悲秋一番。

远山如泼墨，偶尔传来几声狗吠，山间曲径通幽，空无一人，山村更显寂寥。

耳边常有山歌声传来，淙淙流水哗然奏乐，蜜蜂蝴蝶翩翩起舞，觉心静神闲。虚窗一杯茶，静室一炉香，人说山中点香鼻观之事，可通神明、和五脏，确是不假，一炷香燃而不浊，清香无垢，与山野间的草木之香辉映，亦可作驱蚊之用。

山涧溪流，从陡峭的山壁中穿越而来，青色炊烟袅袅，山村有若雾

障里，青山、碧树朦胧隐约，越发清秀可人。半亩池塘，粉荷零星缀于其间，鲜如钻石，有蜻蜓伫立或飞，风吹过，一池碧波荡漾，好不畅快。若说山人吃食，说丰富亦丰富，说简单亦简单，无非鸡窝里摸两只热乎鸡蛋，摘一把嫩得出水的豆角，春荠冬韭，都是包饺子的美味儿，一出锅，就满室蒸腾，香溢千户。

俄而转晴，气温蒸腾，翠色沾衣，空气更加清新干净。思量这山间天气，风雪随意，晴雨由心，四季变换都由它去。

遇阳光普照之日，蝉鸣树巅，于阴凉地铺席而坐，摘一黄瓜，无须起身去洗，直接咔嚓咬下，柔嫩甘甜黏口，那一瞬，人好似豁地一下把自己放空了，清喜于心，不可名状。

山静自有日月长，花落花开不知年。人这一生劳顿，有多久没有睡到自然醒，樊笼久困，混沌忙碌，总该有这么一刻，白鹿青崖，品茶酌酒，捡松枝，汲山泉，品苦茗，微雨窗前听竹，花坞樽前冥想，不被繁华遮眼，不为浮名迷离，做一只渺小的虫蚁，悠然远山暮，独向白云归，自然过活。

我见青山多妩媚，料青山见我应如是。"尤其是早晨，缭雾初散，无数高高的梢尖，首映日光而摇曳，便觉得众鸟酬鸣为的是竹子，长风为竹子越岭而来，我亦为看竹子乃将双眼休眠了一夜。"木心的莫干山，以多竹著名，挺修、茂密、青翠、蔽山成林，望而动衷。

十里春风、竹海林耕，过一种瓜熟蒂落的现世隐居生活，谁心不向往之？尤这为文之人，青山深处，着布衣，种蔬米，写山写水写叶写猫写狗，春华秋实，生活如清茶，写作如呼吸，质朴生百味，毫无半分刻意。

若有友人造访，简桌粗椅，几个乡野小菜，一壶浊酒清茗，小院的花轮番开着，灶膛柴火毕剥，铁壶里沸腾的热水呼呼作响，啄木鸟贴在树皮上"咚咚"地忙碌，主人捧出平日收割的野生蜂蜜，口中的甜和花香久久不散，宾主相言两欢，又岂是平日所能尝到？

入夜，月光入户，树影婆娑，杂花吸吮如水月光，越发茂盛鲜艳，一人坐于树下的石墩，满地月色剪落花影，只待有心人来拾取。

「 大味至淡 」

"浓肥辛甘非真味，真味只是淡。"

这是《菜根谭》里的一句话。是说醇厚的美酒、肥美的食物、辛辣与甘甜的食品，这些都不是真正的美味，人世间真正的美味是清淡的。

苏轼落难，坡地垦荒，变成了苏东坡，三天喝酒两天醉，不小心碰到人，被人打倒在地，他反而大笑。曾经的翰林大学士，天下谁人不识君，而今给好友写信称"自喜渐不为人知"。

落花无言，人淡如菊，心素如简。人这一生，酸甜苦辣咸，百味尝尽，最后才觉出，淡，是人生最深的滋味。

淡，不在痛苦中沉溺，也不在获得里狂喜，不动声色、举重若轻，有着骨子里的从容与优雅。

"王维的画淡，陶渊明的诗淡，王羲之的字淡，李煜的江山淡。""李煜真是奢侈，千里江山都是棋子闲云，都是词的景深。"林东林在《替全世界去仰望》里这么说。

大喜大悲，大起大落，却不言不语，无声无息。

曾是不可一世的南唐国君，谁知转眼成阶下囚，深爱的小周后被他人霸占，李煜身居囚屋，听着春风，望着明月，触景生情，愁绪万千，夜不能寐，写下了"雕栏玉砌应犹在，只是朱颜改。问君能有几多愁？恰似一江春水向东流"的绝命诗句，江山易主又如何，也比不过和小周后制香、品茗、赏曲的日子，那一缕淡淡的哀愁和深深的怀念，都化为宁静、清新的字句，融化进诗里，任后人哀婉、吟诵。

"大雅平淡，关乎神明。"超然于物，清淡高雅，是文人追求的一种为文境界。

季羡林的散文就蕴含着一种淡然之美，他认为万事万物方生方死，应顺其自然、泰然处之，他在《九十述怀》里说，"我已经死过一次，多活一天都是赚的，到现在已经三十多年了，我真赚了个满堂满贯，真成为一个特殊的大富翁了"。文章里对生死、荣辱、不惧、不喜的静气叫人敬重。

看淡世间烦恼事，只向心中觅清凉。

那个称自己为"雪个"的八大，白眼向天，无枝可依，天地间唯此一个。不仅书法简静，画风写意，逸笔草草，大难之后，交友淡，人生淡，书法淡，残山剩水，多用淡墨，一股清凉，清雅，高古，似一面平静的湖，一片飘荡的云，一座静默的山，不见燥热，绝无烟火。正如他

笔下那一枝菡萏，横斜水面，池中半开，清风徐来。

四季里，春繁华，夏燥热，秋丰赡，唯冬最淡。晨起，推门而望，南山白茫茫一片，天空刚刚放晴，太阳的光芒透过薄薄的云层照射而来，依然清冽寒冷，屋檐上积雪未消，院子里梅花枝条闪着晶莹的光亮，这种清冷、孤寂、浅淡，却给人不寻常之感。

回首向来萧瑟处，归去，也无风雨也无晴。经过了生死，最后，一切到底是看淡了。

即便是那人性上盘根错节的胡兰成，也向往平淡简静的生活，文笔如涓涓溪流，读来总有"明月松间照，清泉石上流"的清淡与安静，他写他的村落，"我小时候每见太阳斜过半山，山上羊叫，桥上行人，桥下流水汤汤，就有一种远意，心里只是怅然"。一手的曼妙玲珑文章，透着一股子摄人心魄的静与淡。

看怀素的《食鱼贴》："老僧在长沙食鱼，及来长安城中，多食肉，又为常流所笑，深为不便，故久病，不能多书，实疏。还报诸君，欲兴善之会，当得扶羸也。九日怀素藏真白。"

一个大和尚，性情疏放，吃鱼又吃肉，人家骂他，他却写下这么一个帖子，还称人为"常流"，完全不把那骂当回事儿，也算是高妙之人，老僧无戒啊。

儿时总想要设法往外走，而今只想往回去，因而每隔一段时间，都要回老家探望。风、草、老屋、灰瓦、泥墙，倒在地上横七竖八的檩、椽，哪怕是瓷瓮、破缸、烂碗，都会凝神良久，在漫天的尘埃里静默，风物盏盏，落落清欢，恋恋不舍。

渐渐地，一切往回收了。喜欢那来自深山幽谷里的一叶茶，带着大自然的安宁与清香，在素白的光阴里，以一朵花开的念力清雅、淡泊。

「今日无事，且随时光过」

有人问：假如一个人突然铺天盖地向你示好？会接受吗？

我想不会。不但不会，肯定是要躲起来的。且离得越远越好。

对一些铺天盖地的东西不由自主地拒绝，一切反倒是自然而然的好。

这次出差一个星期回家，自己风尘仆仆，想着家里不成样子，用钥匙打开门，孩子挤了挤狡黠的眼睛说了一句妈妈回来啦，还是继续玩她的游戏，老母亲闻声颤巍巍走到面前，以为会来一个热切的拥抱，谁知她歪着头，定定地站在那里盯着我问，"要缝棉被，家里的针线在哪儿？"那表情好似我在院子里溜达了一圈回到家一样。

窗台外的树枝儿上有鸟儿停立，左顾右盼，好像在欣赏这个初夏，小区楼下座椅上，一个少妇抱着娃娃喂奶，墙根处长出一小撮蓝色的小花。自家阳台的花儿草儿继续长它们的，在老母亲细心的浇灌下，竟然有一朵打了花苞，好似是对我的离开表示出的一丝不屑。虽然有些小小的失落，不过也觉得挺好。这就是生活真实的样子，一点也不虚假，不管你在或不在，它都哗啦啦往前去。如此反倒自在心安。

母亲要看美好生活，我赶忙打开 iPad，下载好剧集，然后扫屋、写字，忙我自己的，谁知，母亲每过一会儿捧着 iPad 跑来问我，"没有了，没有了，怎么一碰就没有了呢？"一脸沮丧。我好气又好笑，老了，却越来越孩子气。笑的时候夸张，动作也夸张，经常手舞足蹈，让人高兴之余，总有些担心，更有甚，去问路，拍拍人家皮肤白皙、穿帽衫紧腿裤的瘦高个儿的肩膀喊一声"姑娘"，人家一回头叫了阿姨，却是低沉的男低音。

　　我珍惜此刻的每个日子，不要华丽庞大，可以坚实朴素。花可以哗一下就开了。但日子不是。每个日子都稳稳的，有冷风包裹的情感，有汗水打磨的辛辣，有西风过耳的粗粝，可以痛，可以乐，可以迷惑，可以忧伤，又温暖又荒凉，又灼热又疼痛，在每个不经意的时光里，认真理解给予的每一份疼痛和孤独，体味赠予的每一寸深情厚意。

　　太过浓烈，必难长久，若只有美好如意，也太过虚假。轰然到来的悲伤，猝不及防的幸福，都夯实了日子。生活里所有的值得或不值得，如脚穿鞋，松紧自知。我愿用脚步一寸一寸丈量每段路程。

　　本来艳阳高照的天忽然昏暗下来，先是风寒，接着是缠绵细雨。叮嘱家人收衣服，关窗户，路上注意安全，日子可不就是这样琐碎，平淡。时间一分一秒溜走，一晃几十年过去，但时间不是日子，时间是年月日时分秒，日子有爱恨悲欢，时间没有。

　　好日子可以让人心安。钱钟书先生说："洗一个澡，看一朵花，吃

一顿饭，假使你觉得快活，并非全因为澡洗得干净，花开得好，或者菜合你口味，主要因为你心上没有挂碍。"

心无挂碍，说得多好。岁月本长，忙者自促。在这细雨绵绵的夜，打开台灯，坐在床头，安然地读一本书，屋子坚固暖和，便是心下亲和；若工作不遂意，心里泛潮，有人执你之手，轻言一声，没关系，有我在，那一刻，多厚的云烟都会消散。

生活里，越是孤独，越是稀有，如这青苔、荒草、风雨和花，只将这世味煮成茶，将风雨开成花，两碟小菜，一碗清粥，可以清欢，人就是这样，一边觊觎凡人的幸福，一边又努力撇开凡事，逃离俗物。从成为一颗种子那刻起，就等着开花的那一天，但到了最后，我们又变回了自己——一颗小小的种子。

冬天劈柴、取暖，春天翻地、耕种，夏天听雨、赏花，秋天收获、储藏，一年四季，和一条黄狗做伴，山里打猎，田间摘瓜，衣衫也可褴褛，心尘不可不擦。

今日无事，且随时光过。在越来越厚的光阴里，一檐鸟鸣，一池日月，一树花开，一路泥泞，一城风絮，都是美，是好，是生命里的精彩，冬日里的雪，也是人生的四月天。

「 白鹿跑过的地方 」

小说、电视里经常出现、经常被人念叨的那个白鹿原，就静静地盘坐在我的眼前。它是秦岭山脉向北延伸形成的一个土原，青山环绕，碧水倒映，空气干净清新，蓝天白云，以前是山里娃进城了啥都稀罕，现在是城里娃一进原了，啥都让人啧啧赞叹。

我和笨聪在白鹿原下杨柳牵人的河堤上散步，山清水秀，空气干净清爽，好不自在。河水清碧，微波粼粼，水鸟在河滩的绿地之间来回飞转，我们脱掉鞋子，光着脚丫子在河里挑选漂亮的顽石。

冯涛来电说要来看我们，我们就折了柳枝儿，坐在河堤上等他过来。他第一次和笨聪见面，握手说，"你这名字好，又笨又聪明"。我说，"最好不要聪，就叫笨，天下至拙，可胜天下至巧嘛"。笨聪白了我一眼，"就你能"。

冯涛戴眼镜，圆脸，一股书生意气。他家就在这"白鹿所过之处，万木繁荣，禾苗苗壮，五谷丰登，六畜兴旺，万家乐康"的白鹿原上。我和笨聪借坡上驴，说要去原上遛遛，不管冯涛愿不愿意，拉开门子就上了他的车。

　　小时候上过原，荒坡烂房，地里都没个绿色。现在白鹿原上地亩广阔平整，金黄的麦子已经收拢归仓，一拃高的麦茬稠密地在附在地皮上，田埂碧绿，一派诗情画意。连片的西瓜地从东逶迤至西，碧绿色的西瓜叶花纹细致长得挺拔铺张，头大的西瓜还未成熟，一道道深绿色的暗纹从头连到尾。

　　我和笨聪小心翼翼，挑空隙的地方踩下去，准备路过西瓜地去看冯涛承包的白皮松。结果一个蛋蛋瓜太可人，忍不住蹲下去摸摸，顺便拍两张照。结果听到有人操着方言远远地喊，"哎，你俩干啥呢？赶快出地来，小心给我把瓜秧子踩坏了"。我俩这么大人了，被人家一喊，还怪不好意思的，赶紧讪讪往路边退。冯涛向那人招招手，给人解释，"叔，没事，没事，这是俺同学"。那人噘嘴吊脸，"噢，是涛涛同学啊，那也要小心，踩了瓜秧子，这瓜就完了。"我们赶紧赔礼。

　　那人说着，上手就掐掉一些枝蔓，和蔓上的半大不小的西瓜，扔到路边。我吃惊地说，"我们进个地都不让，你怎么就把瓜蔓和瓜都摘了？"那人说，"白鹿原的西瓜，一个蔓只留一个瓜，保证沙甜的好品质，所以才全国闻名，知道吗？瓜娃些"。

　　这边人说瓜娃，不是说是西瓜娃娃，是骂人傻。但我没顾上那人的奚落，看着大片大片的瓜地，激动万分，忍不住问了一句，"这片地太大了，应该有三四亩吧？"那人抬起黝黑的脸瞟了我一眼，"667平方（米）一亩地，你看着也是文化人，自己算一下。"

我说我不懂，看不出来。冯涛嘴长，给那人解释说"这个是俺同学，是个作家。"

这一解释不打紧，那人拿沾满土的手捂了捂嘴，噗嗤一下笑了："你回去好好把数学一下，这么大一片子地，足足六十多亩，连这都不知道，还是个作家哩。"

我干咳了两声，讪笑着埋怨冯涛了几句，"老冯你这是帮我还是损我呀，作家队伍里出现我这样四体不勤五谷不分连个地亩都搞不清的人，也太给作家丢脸了吧。而且，朋友里有你这样的，也真没谁了"。

公路上有人肩着锄头锄地回来，小黄狗跟随左右，时而跑到前面很远的地方，蹿到地里，时而又折回来，睁着水汪汪的眼睛看着主人。农人来去，怡然自得，恍若隔世小桃源。家家户户都是土地平整，小楼林立，白鹿原影视城、民俗村，已经蜚声海内外。每个人的心里，都会永远祭奠和感谢那一位可敬可爱的作家，一位忠厚朴实的老汉，陈忠实先生。

田间地头转了一圈，冯涛又带我们去吃烤肉。

白鹿原观光烧烤园。白毛白腿白蹄的白鹿高扬奋蹄。我们坐在观景台，小风溜溜地吹着，我们点了半斤烤羊肉、几十串腰子，一盘酸辣白菜，一盘洋葱木耳，两个烤油馍，两瓶啤酒。

冯涛说，"还记得你在高新区开店的时候吗？"那是二十多年前的事情了，我自己已经恍惚记不清楚了。冯涛继续说，"你办了个小印务公司，当时我就很佩服，一个 22 岁的女孩子，怎么会有那么大魄力……"

"是吗，我竟然全忘了……"

"是呀，当时，咱俩在你店里下象棋，连杀六盘，我被你杀得落花流水。我说我这同学不得了。"

"怎么会，我棋艺那么臭，你竟然比我还臭。"

"唉，我那会儿心思可能没在下棋上。"冯涛狡黠地笑着，却又是一脸对青春少年转瞬而逝的失落。

小心眼的笨聪，不失时机地指着手机上我和冯涛观景台上的照片补充说，"这不能，这不能，你看这栏杆上都写着呢，'禁止跨越'哦"。

三人"哈哈"大笑，心领神会，干了一杯。

烤肉不一会儿就端上来了，小风很厉，吹得两位男士直打喷嚏，我也裹紧自己的厚外套。冯涛说，"你看，咱三个人，一个写散文，一个写诗，我也偶尔划拉两下，不如咱每人写首诗吧"。我和笨聪立即附和，但我俩憋了半天，也没敢直抒胸臆。冯涛却张口就来，"白鹿原上寻故乡，滋水河畔看新城。咥着烤肉吹凉风，今天不虚有此行"。绝了。

观景台俯瞰蓝田，如诗如画如梦如幻。高楼、碧水、青山、大桥、公路,白鸟飞来飞去,相映成趣。冯涛说这是一块未被污染的净地,也是背靠青山绿水的风水宝地。我想起了陈忠实笔下描述的白鹿原,在白毛白腿白蹄的白鹿跳跳蹦蹦地跑过以后,有人突然发现"瘫痪在炕的老娘正潇洒地捉着擀杖在案上擀面片,半世瞎眼的老汉睁着光亮亮的眼睛端看筛子拣取麦子里混杂的沙粒,秃子老二的痢痢头上长出了黑乌乌的头发,歪嘴斜眼的丑女儿变得鲜若桃花……"

一阵风,吹散所有的郁结,一缕香,化解所有的块垒,如果有一个地方,让你想了还想,去了还想去,在这样的地方,你活一万年,可你还是会清爽地说,死了也愿意。

白鹿原上暮色沉沉,原下灯光四起,冯涛忙着回去坐桩,开车载我们下原去了。

「 心中有花，手中有笔 」

白雪飞扬冬日，我安坐于窗前临楷。最喜欧楷，欹中持稳，紧中有疏，端庄秀美，深得吾心。

父亲拿来大红的龙凤呈祥洒金宣纸，"到年根儿了，你给咱家写两副春联，大门口要大的"。我一边应着，一边提笔蘸墨，写一联"天增岁月人增寿，春满乾坤福满门"，上下端详，颇为满意，父亲也啧啧夸赞，人与字俱飞扬，神韵俱存。

不一会儿，村里的武向大、跛子爷等几人来串门，看我忙活，搓着手说让为他们家也写两副春联，我说写得不甚好，他们说字有神、有韵、有味，好着呢。于是又写，"天遂人意福星照，日子红火喜盈门""合家欢乐财源广，内外平安好运来"……

大红的春联上飘着墨香，金色的龙凤活灵活现，一派俗气、喜悦和浓浓的生活气儿。

习书法两月有余，因书文相通，又得高师指点，进步迅速，不仅友人刮目，家人尤喜，每见人来，便拿出习作给人点评，得到的多是肯定鼓励，对于初学者来说，这一点尤为重要，才能有信心坚持写下去。

一联写毕，一团雪恰好打到窗台，如棉如絮，留下湿润的痕迹。水秀山清眉远长，归来闲倚小阁窗，那种舒美与风雅让人心头一震，雪天写字，简直奇绝。一支笔仗剑天涯、笔落诗成，尽掩风霜，我临帖时，我不是我，在与古人对话，晴好于斯，风雪于斯。

儿时见爷爷用草纸写字，草纸土黄色，粗糙，偶尔能看见稻草秸秆、芦苇或杂草等的草枝，柔软的毛笔和草纸相触，写起字来沙沙沙地响。当然，和别家一样，用完的沾着墨迹的草纸会被拿去擦屁股。

曾国藩讲"每日早起，习寸大字一百，又作应酬字少许"；"每日笔不停挥，除写字及办公事外，尚习字一张，不甚间断"，若载浮载沉，就会终无所成。但儿时的我却不愿习字，忙着吃喝玩乐，练骑自行车，在麦积子下背腰，翻跟头。让写字，花大半天一笔一画去写，好无聊，便如股下长枣刺，坐不住。即便学校让描红本，一首唐诗写完，就等老师能画两个红圈圈，我得两个，别人五个，羡煞人也，于是悄悄给自己画红圈，拿给父亲看。

父亲可真是娇惯了他这个女儿，明知是我自己画的，也睁一只眼闭一只眼，夸自己女儿写得好，圈圈也画得比别人圆。

大千世界里，总有些尘嚣让我们心神不定。到了这个年纪，竟然又愿意静心习字了。曾喜欢过东晋卫夫人的簪花小楷，她的名帖《笔阵图》被誉为"如插花舞女，低昂芙蓉，又如美女登台，仙娥弄影，又若红莲

映水，碧沼浮霞"，骨骼清奇，可惜功力尚浅，临得不成样子。

沐手，净身，焚香，啜墨。平心静气，心系一处，于墨香幽幽里呼吸吐纳，在一撇一捺的庄严里坐禅修行，掩去世俗之味道，把这一缕宁静优美的香水，洒向别人，也感染自己。

用心习字，好像是在倾心结识一位好友，有时若高崖坠石，有时若长空初月，有时若万年枯藤，有时若万钧弩发，有趣之极，高妙之极，精彩之极。上中学时，就有很多人结识笔友，一张清秀潇洒、自然舒展的纤纤小字总能见字如面，引人美思，加深书信往来、互诉心事的意趣。

写字是漱洗心目，安静写字，好似学会了一个人在世间行走。庄子说："独往独来，是谓独有。独有之人，是谓至贵。"窗外风雪漫漫，或细雨沥沥，我不管它，轻轻执笔，自然有了一种"行到水穷处，坐看云起时"的泰然与从容。

写一幅"窗开千里月，砚洗一溪云"，打开窗户，可以看到千里之外的明月，山间小溪就是我的洗砚池，深深沉醉于如此清幽美好的意境；再写一幅"风云三尺剑，花鸟一床书"亦可任世间风云变化，手中有笔，心中不惧，养花养草览书，过一份安然惬意的生活。

信手把笔，随意乱书。如此写下去。心以收敛而细，气以收敛而静。一撇一捺，有尘世茫茫，空谷幽幽，一横一竖，是浮生清欢，有禅意绵绵，一折一钩，鸟鸣啁啾，梅花开落。一张铺开的宣纸，就是漫漫长夜，是一个人的浮世清欢，一个人的细水长流。

苏东坡说，要"酒气拂拂从指间出"，才能写好字，顿觉苏先生真是个有趣之人，自己好酒不说，这样写出的字怕也带着三分醉意。我等初学还不敢效仿。即便是写春联，写了上联，感觉尚可，写到下联就犯愁，埋头写完一看，怎么和上联字大小不一样呢？

后来人出主意，两联一起写。上联写一个字，下联写一个字，不就一样大了吗？

哒，真是不错。

翰墨飘香，江水深深。尘世嚣嚷，唯愿心中有花，手中有笔，纸窗竹榻，一身静气，写你，写他，写我自己。写完这一联，便踏雪而去，去山间看大雪压竹，风来竹断，山雀惊起，那时，恰雪落眉间，清凉爽快，正合心境，真是妙哉。

第四卷

一半烟火，
一半清欢

「 那一段青梅往事 」

一处院落，两间厦房，一口窑洞。坐落在阳坡下的老宅院，蛛网封门，杂草密布、杂树丛生，已荒废有二十余年。横亘在土门前的一小片菜地，估摸是隔壁家开辟，想进院子已无处下脚，只能从菜地的垄畔跳跃穿过。

院里荒草及膝，歪七扭八的刺荆棘树高近两丈。左边靠围墙的地方，曾是两棵相互攀附的大石榴树，年年秋冬时分就挂了果，结着圆而红的大石榴，像是悬着的红灯笼。以前每年到这个时候，继奶奶都会搭着梯子摘石榴，再精挑几个最大的石榴兜在围裙里给我留着。

而今，那两棵石榴树早已不见，只剩一株寂寞的核桃树兀自在空里伸展着，枝干一直伸到隔壁墙头。院两边的围墙像两面绿色的屏障，隔开了老屋的冷清与屋外的繁华。

格子窗尚且坚固，窗纱已破可探手。两扇黑色木门紧闭，门槛已无，只有几摞秃了棱角的砖头挡着呼啸的风。长不见源头的藤蔓一根根、一道道斜斜从房顶的青瓦缝间垂下，遮住了窗，铁门环蒙灰寸厚，门前蛛网罗布。

儿时，我总是站在门槛上踮起脚尖，"啪啪啪"扣响铁门环，继奶奶就"哐啷"从里面拉开门栓，像个孩子一样斜斜地探出头，见是我，瘦削的脸就多了点笑容，稍带嗔怪地说："怎么和你娘一样没良心，这么久都不来看我，亏你还惦记奶奶！"

铁门环仍在眼前，再次叩响，却不见开门人踪影，听不到那痴怨的言语。推开门，木棍拨开蛛网，刺眼的阳光从上面直灌而入，屋顶已开了"天窗"，悠长碧绿的藤萝挂在檩木上，连同那根带着铁钩的草绳，在风里轻轻晃动。

那时铁钩上总挂着一个笼，里面放着点心、枣花、糖果等好吃的。小小的我常望着高高地挂在铁钩上的笼，转了一圈又一圈。继奶奶就会踩着小矮凳，从笼里变戏法一样拿出各样好吃的给我。而今铁钩下，黑乎乎的小矮凳的裂纹业已被尘封。

靠近后门的地方是锅灶台，两尺长的风箱上覆着一层细灰，煮了多年饭食的那口锅烂了一个豁口，锅耳也不知何时折断。可我好像看见继奶奶就坐在风箱旁，左手添着柴禾、右手拉着风箱，炉灶的火熊熊地烧得很旺，扣在锅底的碗还在"嗒嗒嗒嗒"地响着，继奶奶揭开锅盖，拿了一个热得烫手的红薯，左右手倒来倒去，然后撩起我的衣襟塞到我怀里。

正对门的是厅堂。厅正中间靠墙处是一个四米多长的大木板，那是爷爷的裁衣台，台上放着一把米尺、一个铁制的水壶、一个搪瓷缸子和一把锈迹斑斑的大剪刀。挨着案板的是一台老式缝纫机。恍惚里，我好像看见爷爷在裁剪着他最拿手的中山装，他肩搭皮尺，一手拿直尺、一手拿划粉，三两下就画好线，然后持着大剪刀"咔嚓咔嚓"裁剪着布料，锁完边，"嗒嗒嗒嗒"地踏着缝纫机，将衣服平铺在板上，拎着水壶给搪瓷杯里倒了一杯水，端起来给嘴里含了一大口，然后"噗"地一下均匀地喷洒在衣物上，再将衣物熨烫得平平整整。继奶奶就静静坐在矮凳上，针线笸箩放在她脚下，她戴着眼镜穿针引线、锁制着扣眼，一个个钉上纽扣。

左边的厦房是一个大炕。一张破旧的、翻卷起来的画报遮住了炕上的墙洞。我爬到炕上，从墙洞里拿出一个红木匣子。拂去匣面灰尘，打开用布条束绑着一卷层层叠叠的东西，牛皮纸的鞋帮、鞋底样，从小到大，整整齐齐，铺开最里面那张纸，却是爷爷和继奶奶的结婚证。证上的国旗鲜红、国徽庄严，麦穗和红花铺边，端庄隽丽的毛笔楷体从右至左写着"康均平与任素琴自愿结婚，经审查和于中华人民共和国婚姻法关于结婚的规定，发给此证。"落款：一九五六年八月卅一日蓝田县人民委员会。

我才知道，继奶奶的名字叫任素琴。以前只知她是山西人，曾是夜校教师，在我前两个奶奶去世后嫁给了爷爷。

印象里的继奶奶，瘦小却精干利落，总喜欢穿一件灰白的斜襟布衫，银白的头发常常整齐地梳在脑后，挽成一个圆圆的髻。她曾是那么好强，不肯与人低头，也因此与我们早早分家。但爷爷去世后，她常常一个人坐在院子，用枯干的手指点燃纸烟，一口口吸着，眼神孤独而安静，望着很远的远处，直到那眼神黯淡、熄灭了光。

她走时，是在后面那口黑漆漆的窑洞里走的。我不曾知道窑洞里是什么样子，从来没有进去过，现在也不敢进去。如今，老宅院的人都一个个地走了，来来去去的，只有东西南北的风。

「 梨花院落溶溶月 」

儿时读《从百草园与三味书屋》，一下子就喜欢上了那个叫百草园的小院儿。

那小院儿里，有碧绿的菜畦，光滑的石井栏，鸣蝉在树叶里长吟，肥胖的黄蜂伏在菜花上，即使是泥墙根一带，也有无限的趣味。

鲁迅家的院子看起来很热闹，但巴金家的院子却显得很安静：那棵不知名的五瓣的白色小花仍然寂寞地开着。阳光照在松枝和盆中的花树上，给那些绿叶涂上金黄色。

可是，它们再好，也比不过我家的小土院儿。

我家的院子很宽敞，地面被碌碡碾过，靠墙的地方有两棵石榴树，虬枝纵横，相互扭缠攀附到空中，且不说五月那火红的石榴花一朵朵开得有多艳，我们这些孩子，就等着到了秋天，让奶奶兜着围裙，发给我们每人一个咧开嘴笑着的大石榴，红籽儿玛瑙，一颗比一颗甜。

那时奶奶身体尚好，常常穿件灰白色对襟衣裳，每天清晨推开门，左手端小半盆清水，右手撩洒着，压住地面的灰土，然后用笤帚把地面清扫得干干净净又白又光。

鸡鸭鹅太过调皮，从不安生，它们一旦从窝里放出来，就"咕咕咕""嘎嘎嘎""轧轧轧"地叫着，跟在奶奶屁股后跑来跑去，在院子里吃谷、找虫、拉屎，小院儿不一会儿就成了它们的运动场、游乐场。

有繁星的夏夜。露水下来，蛙声四起，奶奶在小院里铺张凉席，抹干净，我们仰面平躺，在散发着淡淡清香的老槐树下乘凉，看着天上的月亮，嫦娥轻舒广袖，吴刚举斧伐树，天空群星灿烂，奶奶摇着蒲扇慢悠悠给我们说着，"青石板，板石青，青石板上钉银钉……"那声音是催眠曲儿，我们很快就进入了梦乡。

那时的梦也很甜，一觉睡到大天亮，口水流了一河滩，脸上还拓着一道道深深浅浅的箆席印子，这时门外的车铃声"喤喠喠"响起来，做小生意的人推着自行车拖着长长的声音叫着"卖——老糖嘞，卖——老糖嘞……"

简陋的小院儿里，石榴花落了，来年又开，但随着奶奶的去世，那座老房子逐渐荒废，小院儿再也无人踏足。

齐白石有一幅画叫《梨花小院怀人》，画上有一枝梨花，下有两只青蛙。客居北京的齐白石怀念的是湖南老家的风物，怀念的是在星斗塘的发妻。

如今，住在闹市的我，该有多么怀念我儿时的那个小土院儿啊！怀念那块用房屋和树木截取的一角天空，还有那棵歪七扭八盘旋伸展的石榴树……

"吾毕生之愿，欲筑一土墙院子，门内多栽竹树花草，清晨日尚未出，望东海一片红霞，薄暮斜阳满树，立院中高处，具见烟水平桥。"

"梨花院落溶溶月，柳絮池塘淡淡风。"经年以后，内心还是有一种情愫揪扯人的肚肠，哪怕那年那月那人那事已如云烟飘去、山水不相逢。若有岁月可回首，我还能够拥有一个自己的小院儿吗？

如果可以，我要围一个大大的木篱笆，用老青砖铺一条小径，青瓦粉墙，木门铜锁，栽几株花儿，种四季时蔬，春风一吹，藤蔓就爬了满墙。我躺在藤椅上，以蒲扇摇风，呷一口小桌上刚沏好的热茶，眯眼看着从树叶间漏下来的一丝丝日光，春负暄赏花，夏听雨观荷，秋把酒赏月，冬看红梅白雪，俯仰之间，有天地，也有日月。

春雨飘落，我手持香茗，于檐下体味晓看红湿处的唯美意境，夏荷初绽，我提笔描花，绘时光清浅，手把从容，一一风荷举。那时，园内花枝剪影，门梁紫燕穿梭，风送荷香来。

语堂先生说："宅中有园，园中有屋，屋中有院，院中有树，树上见天，天中有月，不亦快哉！"我大门不出，二门不迈，有闲逗逗草、弄弄花，与坛坛罐罐为伍，和泥土虫子结伴，把日子细细数、慢慢过，小小的院落，有我的诗情画意，也有我的人间烟火。门前冷落，无妨，恰恰好。

别人以浊为喜，我独以清为欢，笑看风轻云淡，闲听花静鸟喧，开门是繁华，关门是繁花。

「 老有贵气 」

"吾顷无一日佳，衰老之弊日至，夏不得有所啖，而犹有劳务，甚劣劣"。是说人老了，多病，吃不下东西，还有劳务，一切糟糕透顶。

年轻时读王羲之的《衰老帖》，是在看别人，体味那字里行间的意味儿，等到自己真的老了，就不再看了，寒气太甚——

牙齿不剩几颗，腿脚不行了，脑袋也不灵光了，每一提按顿挫，都是苍凉心酸，这"甚劣劣"，说的不就是自己吗。

若是要看，就看《兰亭序》好了，华枝春满，气象万千，或是黄庭坚的《花气薰人贴》，如荡桨撑舟、器宇轩昂，看着看着，心就回温了。

几十年走过，一回头，能够想起来的不过二三事，但小半生就这么过去了，一生的杏花春雨，马不停蹄，终于知道，繁华旖旎占有再多，内心终究还是空旷。

人也不再活得灼灼了，像这身上衣物，原来是大红大紫明黄宝绿，如今成了黑、白、灰的素色。越来越想把自己淹没于人群之外，不断地往后退，哪怕是退到一幅古画里，退到千年的老松下，成为桌上一杯清茶，看仙子举棋对弈，看轻风绕松，凉意袭人。

王维诗云：晚年唯好静，万事不关心。一个人在房间，褪去形迹，烹苦茗，读文章，看花好月圆、长河落日，一切款款而为，悠然神远，独享安静，何尝不是一份清福？

若还有尚未达成的心愿、未牵到手的人，那就放在心里吧。活了一世，谁心里没有点缺憾呢？热闹场、苦恼场、名利场，也都不再去追了，缝爱情，补人情，一辈子都在缝缝补补，若贪欲心太强，满心满怀的破洞，是怎样也补不上了吧。

天南海北走过，人常常到了身无一物、萧萧意落时，才知道自己想要的是什么。

渐渐变得薄冷，人情世故、迎来送往，是不会去了，只把有限的时间专注于自己喜欢的事情上，临字帖，写文章，喝老茶。给破坛里插枝莲蓬，在心里活色生香着，在小院里翻土，种草养花，养一份怡然自得的心情。

钱财多少不重要了，风不风光无所谓了，一把年岁，经过光阴的淘漉，那不太健全的脑袋里，若是还能存留几个快乐而有趣的事儿留给儿孙讲，就是最大的财富。

没有什么可以夺去的，包括爱情。若真的老之将至，我们倚栏看雨、凭窗观花，在夕阳里搀扶、互数白发，不会担忧色衰爱弛，因为，岁月熬尽，大江东去，我老了，他亦老了。

曲终人不见，江上数峰青。岁月渐长，沧海桑田走过，人却如喝了一大杯金银花，祛了火气，散了热燥，终修得一身清凉、姿态从容。

把生活看尽，就这么敦厚朴素地过活，一直保持低温，一直保持孤独。世界喧腾尖叫，我沉默着，安宁平和，一言不发。

人老了，贵气还是要有一些的。

身上的标签、光环都隐去，把自己当成了小猫、小狗、小草、小花，甚至蚂蚁、虫蚋，和它们一起呼吸、玩耍、欢笑、号叫、哭泣，到了最后，尘归尘、土归土，谁都一样。

以后怎样，大致是无法安排，唯愿在年久日深的寂寥里，把自己活成一片雪，清凉安静，不染尘埃，降落、再降落。

「原来生死也寻常」

有人来，就有人去。

世间事除了生死，哪一件不是闲事。但生死见多了，亦是平常，平常得如花开花落，没有任何故事。

母亲说，二姨死的时候正在吃饭，忽然筷子掉了，小脑出血，人走了，几年前，她已经开始大脑出血。在二姨生前，我们之间很少走动。若不是母亲特意提起，我几乎要忘了二姨这个人。待我回去时，已是她走后的第四天。

印象里的二姨，一直都是夏天也包头巾、穿薄袄，脸色恍白，说话有气无力的，一副病恹恹的样子。她为什么会疾病缠身，我不大清楚。只知道二姨生了第二个孩子，正在炕上坐月子的时候，她的前夫夺门而入，和强盗一样抢走了二姨正在熟睡的儿子，从此二姨就变得恍恍惚惚，整天失魂落魄，不知冬夏，得了一身的病。

二姨在生那个儿子时难产，差点要了她的命，家人给孩子取名"难生"。

凉风吹面，细草熏人。我跟着母亲、舅舅和几个生面孔零零落落地走去新坟，坟地坐落在村后面的一个背风处，几棵一人半高的针叶松在坟旁兀立，冷森森的，一个很是清幽安静之地。不知为什么，我竟然很羡慕这样的一个归处。

三舅用铁锹围着坟添土，我把烧纸垫在膝盖下，远远跪着磕了几个头，烧了纸钱，把二姨的棉衣棉裤点燃，用火棍子挑着烧了。母亲一个人走到新坟前，蹲下来开始幽幽地哭。

之前听母亲和人讨论，村里谁会哭，哭得好，谁又哭得像猫叫，难听。母亲也悄悄地学过哭，她说一定要哭得好，才不被人笑话。可是，她哭二姨时，那声音和腔调又细又长、时断时续、婉转回环，像是在唱戏一般，她哭了一阵儿，有人过去扶母亲起来，母亲用手帕抚着脸，泣不成声、满脸的泪水。

离开墓后，我和母亲去了二姨夫的养鸡场。养鸡场毗邻公路，地势平坦宽阔，一圈铁栅栏围着。鸡们咯咯咯嘎嘎嘎地叫着，在场地里跑来跑去，高亢活跃，我问二姨夫要了三十个鸡蛋，塞给他一百元钱。二姨夫从袖口伸出一只弯曲的奇异的鸡爪般的小手，推挡着说不要钱了不要钱了，我趁他不注意悄悄塞进他口袋。

二姨夫患小儿麻痹症。不知他和二姨两人是如何相遇相识的。但自从嫁给这个姨夫后，二姨精气神都好了很多，她陪着二姨夫一起干家务、修车子、养鸡，平平安安地活到了六十三岁。二姨抱恙，二姨夫残疾，两人都是别人眼里的"残疾人"，但爱情不论贵贱、高尚或卑微，寒凉的世间，他们温暖了彼此，相伴着走过了三十多个春秋。

万物皆有时，四时皆有序。但死神来时，跟谁也不打招呼，想收谁就来把谁收走。

亲戚们都说，二姨能活这么久，算是赚了。母亲姊妹十个。二姨是第二个去世的。第一个是二舅。

二舅离开时，正是青春年华，他却只能穿着厚厚的黑棉衣黑棉裤，整日窝在窑洞的炕上，看着兄弟姐妹们活蹦乱跳。我每次去，他都满脸喜欢地着看我，口里说着，"娜娜是个好乖娃，娜娜是一个灵娃。"声音像三月的春风柔而暖、很好听。那时我五六岁的样子，围着炕跑来跑去，还问二舅为啥不下炕来和我一起玩儿。

其实，二舅早就知道自己的身体，时日不多。只是一天天等着。无风无雨，不悲不喜。十六岁，二舅还是一个孩子，没有游戏，没有爱情，他的世界，只有一张黄土盘的火炕。死亡是什么？是秋天里温柔的小雨，还是清晨振翅的鸟儿，二舅不知道，他只知他要去的地方。迟迟早早。

有一件事窝在母亲心口多年。母亲每次提起都憋得难受，用袖口沾着眼角流下的泪："那时我和红俊吵架，他吓唬我，'你若再欺负我，我就打你家娜娜呀！'我一听就急了，狠狠踢了红俊两脚。可是他那么疼你，又怎么会打你呢？我不该踢他呀！我不该踢他呀！他还是个孩子呀！"

红俊是二舅的名字。母亲为这两脚悔了一辈子。母亲经常做梦，梦见二舅坐在炕头，坐在煤油灯盏下，清亮的眼睛看着姐妹们和哥哥弟弟在屋内忙碌，屋内雾气弥漫，大舅坐在机床上压饸饹，有时，他从过炕那头爬到炕这头，对正在烧锅的母亲说，"二姐，我想娜娜了，你领她来玩吧。"

什么是青山绿水、花前月下，什么是绿叶红花、流水人家，什么是明月照高楼、夕阳正西下，二舅不知道。二舅躺在外婆怀里安静地走了，永远活在了十六岁，清纯干净，不染尘埃。

外婆是看着二舅去世的，她把二舅搂抱在怀里，二舅一脸孩子气，眉目清阔、面容光洁，外婆的眼泪哭干了，白发人送黑发人，是人间最悲痛的悲痛，最无奈的无奈。

我也曾在外婆黑色的斜襟祆里蹭来蹭去，跟她撒娇、哭泣、睡觉。十个子女，外婆个个操心，连同我这个大外孙女儿，弄吃喝、做衣服，没有少过一点疼爱，上小学时，我常常跑过一里路的坟地，穿过两里的山沟，再走过四五里的土路去姥姥家。

我也是看着外婆去世的。那时我正上初一，父亲骑着自行车来学校把我接到奄奄一息的外婆身边。外婆躺在二舅曾躺过的窑洞炕上，身下是一张破破烂烂的篾席，瘦成了一把骨头，面部深陷，因为患白内障，眼睛灰白而混浊，她拉着我的手，用了所有的力气一字字地叮咛我"好——好——学——习"，我点头说"嗯"，外婆撒手人寰。站在炕前的四岁小表弟说了一句，"我奶睡着了"。舅舅姨姨们再也忍不住，"哇"

一声哭了起来，全家乱作一团。

如今，我穿着厚实的羊绒大衣走在家乡的田埂上，虽是冬日，我却感觉岁月温良、春风似海。

行走人世间，且行且珍惜。

「 赏心四事 」

（一）花事

思人乐从何来，微雨悦心，清风徐来，入忘我之境，可以悦心，俗世日常，若能抛掉繁杂琐碎，吃茶读书，听雨看花，怡情养性，快慰之极。

若说花事，春有牡丹海棠，夏有百合茉莉，秋有桂菊芙蓉，冬有蜡梅水仙，任何一种，每每由于赏花的时间和地点各异，而使人的感触也各有不同。花开是赏，花落也赏，但赏花之怡情相似，悲也是悦，乐也是悦，喜也是悦，愁也是悦。

眼之观，心之想，心之赏。看这一朵朵粉白红紫，袅娜旖旎，娉婷莞尔，你若赏花，面庞自然喜悦，内心自然柔软，眉目自然亲和。若美人与花，花朵各有其妍，美人亦各有其妙。花非花，人非人，美人因花生姿态，花因美人更生韵味，相得益彰，当更加生动无比。

花开堪折直须折，莫待无花空折枝。且不说将花置于瓶、盘、碗、缸、筒、篮、盆等花器，即便收集一些花瓣夹于书页，墨香花香相杂，每翻至此页，心情会忽然转好，牵动人心一丝丝柔情，亦是赏心悦目、动人心魄。

（二）听雨

窗前听雨，春夏秋冬四季各不相同，亦各有其妙。

春雨轻柔缠绵温婉，少年情思绵绵，少年听雨歌楼上。红烛昏罗帐。此时，杏花开时，正值清明前后，必有雨也，谓之杏花雨。"小楼一夜听春雨，深巷明朝卖杏花。"丝丝清雨，鸟幽山静，细雨织帘，如一幅淡淡的水墨画，笔意轻轻，意境隽永。

夏雨迅猛激烈，黑云翻墨未遮山白雨跳珠乱入船，宜慎思倦怠困眠，清凉是夏雨催得绿肥红瘦，草木葳蕤，如人生走过的那些年岁，山不是山，水不是水。"雨声潺潺，像住在溪边。宁愿天天下雨，以为你是因为下雨不来。"张爱玲的物是人非，有一种激进，有一种渴望，有一种志忑。

秋雨萧瑟寒凉，易生发伤春悲秋之音。"梧桐树，三更雨，不道离情正苦。一叶叶，一声声，空阶滴到明。"凉的夜雨，不像是落在梧桐叶上，倒更像是滴滴砸碎在人的心里，离情别绪，叫人肝肠寸断。人至中年，听冷雨敲窗，该接纳的接纳，该放下的放下，"壮年听雨客舟中。江阔云低、断雁叫西风"。内心或不安稳，但亦可平静安好。

雪雨如针，冬天细雨蒙蒙，寒凉肃杀，似是一年的归纳与总结，也是人生的启迪与预示，"而今听雨僧庐下。鬓已星星也"。转眼老之已至，人生老病死、更迭轮回，江山无恙，该留的终究还是留不住，都由他去吧。

不仅四季各异，雨打在荷叶上、打在瓦上、打在地上、打在草木上、打在青石上皆似钟鼓器乐，其音各不相同，唯闻者快意凉爽。无论如何，竹林观风，半山听雨，一份心境，一段铭心，一种静谧，烦恼与喧嚣顿然绝尘而消。

（三）书事

读书之乐何处寻？数点梅花天地心。手头、桌头、床头，总有悦心的书相伴左右，或随手闲翻，或反复品读，都是快意之事。读书之乐，在于世间不可得、不可想、不可寻之事，都可于书中得到、想到、寻到，可上天入地，可海底捉鱼，如绿草窗前、瑶琴奏曲、秋夜赏月。

于书架上随意抽取一本书，黛玉葬花，林冲夜奔，唐僧受难，一波三折，百转千回，时而大恸，时而微喜，时而寒霜彻骨，时而微风拂面，在起起伏伏中，或悟人生至理，或叹人世苍凉。时间从来无声，生命从不喧哗。每本书都是一座院落，然后你坐下来，与自己交谈、与古人切磋，寄其心，取其乐，养其志，怡其情，酸甜苦辣、悲苦喜乐、滋味万千，最后，终归丰盈了心神，灵魂皈依，寻找到本真。

闭门即是深山，读书随处净土。抱一怀闲书，寄一份闲情，与陶潜促膝，与摩诘相谈，与李白换盏，与东坡举杯，都是故人相识，嬉笑无形，何其乐也。

（四）茶事

小雨淅沥时，铺开一张小纸，从容地写上几行行行草草，字字有章法，若晴天在窗前，就细细地煮水、沏茶、撇沫，试着品名茶。

若心入茶，茶不负人。天地方圆间，给自己寻找一个宁静的空间，沉沉浮浮里，选择了一种简单而优雅的生活态度，捧一盏清茶，淡淡的幽香冲去了浮尘，沉淀了思绪，心情绵长悠静，任晴朗或隐晦，任花开或花败，都由他去。

一席茶事，半墙空山，品茶，品的是一份闲适，喝的是一份情调，尝的是一份心境。林语堂先生在《茶和交友》中说道："饮茶之时而有儿童在旁哭闹，或粗蠢妇人在旁大声说话，或自命通人者在旁高谈国是，即十分败兴……"做茶事，须寻一处安静地，浅酌，细饮，嗅着花香，自在安闲，心素如简。

七碗受至味，一壶得真趣。空持百千偈，不如吃茶去。若遇雪天，"雪宜烹茶"，这种天气就不如在家里扫雪，可独自一人，也可邀两三好友，围炉小坐细斟浅酌，得意品味酣畅，失意回味苦涩，苦雪烹茶，暂时作别红尘，偷来一缕茶香，人生如意之事尽得。

苍山自有空寂，明月定会清朗，野花自开自落，浮云时聚时散。炎炎夏日，来一席茶，清香悠远，香气袭人，外事外务，想来毫不相干。

隔江看花，临窗听雨，茶清如露，书静如佛，愿在人世古老又簇新的时光里，捧一部闲书，品一盏清茶，踏一次细雨，赏一眼香花，抛却得失心、是非心，一路走下去，看着，喜着，安静自在、清心平和。

「 一半烟火，一半清欢 」

日子，还是松闲散淡些好。

不喜把生活打理得太过规矩。歪歪斜斜地躺着，才像睡觉，物什乱乱的，像是一处荒野地，有着天地初开的气象，才有家的样子。

到了这个岁数，爱不动了，也恨不动了。没有了一段慌不择路的情份，却拥有了一分安稳妥帖的陪伴。

两人缠缠绕绕，洗衣、做饭、烹饪，聊聊天、喝喝茶、看看书，风不吹拂，水不动摇，清水白开，淡淡然过着，清和简净却泛着暖意，偶尔一两句笑话，或一起追忆那前尘往事，就喜上眉梢、开怀起来，日子也似乎明媚许多。

渐渐发现，人孜孜以求的，不过是一日、两人、三餐、四季，已是最好。

楼下卖鸡汤馄饨的小摊汤浓味鲜，老板是个福建人，和妻子在西安谋生已经近十年了，儿子八岁，放学来帮忙，擦桌、端碗，很是精当。

老板人很好，来的客人吃完馄饨可免费加汤，汤里漂着紫菜、芫荽、香油。来来回回吃饭的，多半是熟客，老板递上烟，和客人拉家常，讲着妈祖庙和土楼的故事。

对出门在外的人来说，故乡永远都是心灵寄居的地方。我也是一样。趁着放假，一刻也不耽搁，早早驱车赶回老家。

内心一直很庆幸还有家可以回。

乡村的夜是静谧的，一夜无梦，一觉睡到日上三竿，已听到母亲前院后院忙碌的声音。

趁阳光正好，在露天的土院内摆上木桌、藤椅，桌已古老，裂痕斑斑，藤椅已旧，吱呀作响，却另有一番古意。

取来茶罐，用手一撮，放进陶制的茶壶里，注入煎水。一杯浮着沫子的茉莉花茶就舒展开来，倒进茶盏，闻香，轻抿一口，热气蒸润萦绕在唇齿间，香味儿弥留在口鼻舌根儿，一股暖流穿肠而过，一直喝到细密的汗顺着背津津流出，酣畅淋漓。

喝着喝着，觉得心也大了、敞亮了、宽阔了。

隔壁婶子，后院栽桃种李，一株桃树，桃花粉红，迎风招展，一株杏树，杏花粉白，纯洁俏丽，一株梨树，一串串雪白硕大的梨花，开得繁盛，煞是招人。树旁是猕猴桃架，正曲曲折折、藤蔓攀爬着，我说若是有一个葡萄架，就全了。婶子笑着指指围墙，我看一个葡萄架正在墙影下，悄悄孕育着一个大大的美意。

见我啧啧赞叹。婶子说，不用羡慕我，你家有核桃树，我家却没有呢。再说，等咱家桃、梨、杏下来了，婶子到时送去给你吃。

其实，桃、梨、杏、核桃下来了，自家是吃不了多少的，只要不糟蹋，左邻右舍都是互相推让、品尝，热情得很。

田地边粪肥堆放，庄稼养得油碧粗壮。现在家家户户都经营副业，在地里盖间房屋，务着桃园、苹果园、葡萄园，麦子倒少了起来。我们家几十年都种麦，也没有要变更的意思。我告诉母亲，"物以稀为贵"，咱家的麦子自有市场，母亲深以为然，说粮食才是农家的根本，怎样也不能丢。

黄昏时分，沿着山间小路缓缓步行，青苔覆满山坡，鸟鸣在耳，林深而幽静，路狭长悠远，不禁滋生出一种温柔缠绵的情愫。心在告诉你：这么动人的世间，绝对值得你倾心深爱。

第三日清晨，细雨蒙蒙，推开后门，在地边溜达了不一会儿，鞋底就沾满了软泥。

这时送羊奶的婆婆戴着草帽，提着一竹筐的瓶瓶罐罐，从上村来到下村，挨家挨户敲打门环，喊着："送奶啦。"那声音似金石之音，清脆悦耳，嗡嗡作响。

婆婆七十多岁，家里养了几只羊，每天都要负责给村里订奶的人家送奶。早上送二十斤，晚上送十一斤，一斤奶三元，一月下来，她和孙儿的营生也绰绰有余，每天上村下村走动，腿脚灵便不说，皮肤还透着奶一样瓷白玉润的光泽。

奶是刚从羊肚子里挤出来的，装奶的盐水瓶子到手还温热着。奶倒进碗里，又稠又鲜，冒着膻味儿。把碗坐到水上，架柴烧锅，热烫的蒸汽打上来，一会儿就漂起一层油油的奶皮，那膻味儿更重了。但喝羊奶，要的就是这个膻味儿，又甜又香。

母亲掐了荠菜，用围裙兜着回来。切碎了，调馅儿，包饺子。我一如既往地擀面皮。左手转面右手擀皮，早已熟能生巧。但着急完成任务，擀得太快，虎口生疼。

母亲告诉我，不要急，慢慢擀，使力也要均匀，那样才不会疼。过日子就像吃饭，细嚼慢咽，一口口吃，才能吃出滋味来。

父亲打开剩下的半瓶酒，就着饺子吱儿吱儿喝了两杯，黝黑的面颊就浮起两朵桃花，接着开始和母亲谈重新修葺房屋的事情了。

他计划着盖个杂物房，把西厢房腾出来，留给儿女们回家来住。另外，院子里要栽上两棵桃树，春天开花，秋天摘果。桃树一栽，我们就得到更大的荫蔽，子孙兴旺。

　　我穿着条绒布鞋，蹲到院子里仰头向上看，核桃树已经有两丈高了，嫩芽上还挂着雨水，几只麻雀闪动着尾巴，三三两两倏忽飞来、倏忽又飞去，一会落在树枝上，一会儿绕着围墙飞转，叽叽喳喳正叫得欢实。檐下的砖头缝隙间，两只花雀垒了窝，出出进进不知道在忙什么。

　　地上树根旁，不知什么时候冒出来了几棵开着黄灿灿花朵的油菜。菠菜、油麦菜也长得碧油油的，一丛丛扎着堆儿挤在一起。

　　小隐于市，就这么安静地过着小日子。我想，生活也无须太过用力，雨来了，听草长，风起了，看落花。生活的千百种样式里，总有一款，会让人心生喜悦。

　　日常的小清欢，是游在水里的鱼，越急躁去抓捕，越容易滑脱溜掉，只有迎着水流的方向，缓缓将手放入水中，待你的手与水的温度、水的速度融合为一体时，鱼儿就会摆摆尾巴，轻轻游到你手中。

「 低眉尘世，素心生花 」

少时读张岱的《湖心亭看雪》：

崇祯五年十二月，余住西湖。大雪三日，湖中人鸟声俱绝。是日更定矣，余挐一小舟，拥毳衣炉火，独往湖心亭看雪。雾凇沆砀，天与云与山与水，上下一白。湖上影子，惟长堤一痕、湖心亭一点、与余舟一芥、舟中人两三粒而已。

天地苍茫，冰雪弥漫，风烟俱净，湖心亭里，唯有一叶小舟，舟中的两三粒人影。

那种清凉寂冷的美，旷大悠长，张岱在天地之间清享的那份凉意，让人向往羡慕。

《红楼梦》里宝玉出家，风雪弥漫，曹雪芹写道："落了片白茫茫大地真干净。"这雪的凉，一下子把人丢进了深渊，再也爬不出来。

渐渐喜欢上了冬天，素白干净，清冷幽静，有一种空灵的美感。后来看岩井俊二的电影《情书》，一句："你好吗？""我很好。"曾经的似水年华，像一颗凝聚着甜蜜的糖果，在粒粒小雪里丝丝消融，那种唯美纯爱在心里经年不散。

我发现，越是好的东西，越给人以清凉宁静之感。就像人生。

落落者，难合，亦难分。欣欣者，易亲，亦易散。所有的热情都带着点烧灼，所有的真实都泛着凉意。低温，带着素雅的薄荷香和一种清醒的笃定，踏实纯粹。

喜欢字里行间泛着凉意的文字。王维的"隔窗风惊竹，开门雪满山"，看到了他骨子里与生俱来的清凉。

王维画雪，走笔挟冷风，寒气逼人，是因为他心里的安静和清凉，于是越简越深、越淡越真。他一生里，只求清寂不要热烈。苏轼品评："味摩诘之诗，诗中有画，观摩诘之画，画中有诗。"

素心煮字，不浮夸奉迎，只对自己内心负责，才能写出那样的文字，就像用薄荷、青柠调制的朗姆酒，清爽而回甘。

清凉的人，自然不是扑面而来的暖风，让你觉得特别舒服。只是安静地散发出一种玉的凉，低低地润泽着，一点点沁到人心里，甚至清冽得让人生疼，但只有养在光阴里，你才知道她的好。

经常一个人静坐在角落，没有谁注意我，让阳光隔着窗叶斑驳在脸上，像桌上那插的桃花，在清水里寂凉，却独自惊艳，有点小小的寂寞，也有点小小的快乐。

桃花绝色，浓烈，华丽，寂凉，悲伤，百转千回，热烈又冰冷，多情而命薄，这是纯粹的为爱情之花。

于是想，若是一株植物也好。若是，就要是这桃花，在风里含蓄、饱满，开时热烈地开，咄咄逼人，落时低眉浅笑，低到尘埃，也暗香浮动。

爱情也要清凉的，热烈的不会长久。

徐志摩的家信：眉爱，昨天整天只寄了没字梅花信给你，你爱不爱那碧玉香囊？……但你我的爱，眉眉，我期望到海枯石烂日，依旧是与今天一样的风光、鲜艳、热烈……

最终，陆小曼还是被他的热情打动了。但这个男人的爱火热有余，内敛不足，亦太过多情。

一直认为，男子在感情上凉一些才好，不要太热络、太敏感，对彼多情即是对此无情。那漫溢的情，只有透彻地冷下去，才会一心一意对一个女子好。

最痴，是那《三生三世十里桃花》，夜华对白浅讲那一句，"我想要的，自始至终，只不过一个你罢了"。明明是最动人的情话，那种无奈和心伤，叫人感到冒着丝丝冷气。

说出那话时，他的心，该是比他冰丝一般的黑发还要凉。可不论她怎样，不论她是浅浅还是素素，灼灼桃花，他只取那一朵，放在心上。在他心里，她最好的样子，就是她本来的样子。

他的十亩桃林，只为她开。

民国四公子之一张伯驹，曾是"平生无所好，所好是美人"。但自娶了潘素后，一心只系潘素，再无风流韵事。而她，洗尽铅华，将往日的万种风情，只说与他一人听。

两人齐眉对月，到了晚年，生活拮据，依然画画填词。张伯驹为潘素写下"予怀渺渺或清芬，独抱幽香世不闻。作佩勿忘当路戒，素心花对素心人"。

弱水三千，素心自凉，他只要那一瓢。

他把她从风月场带进山水画的世界，她陪他颠沛流离淡泊名利，彼此成全，相携相伴，红尘浊世中，他们就是一对永远保持着单纯之心的素心人啊。

到底是上了年纪了。以前喜欢热辣的食物，而今口味也越来越清淡了，小火炖的骨头汤，白萝卜、排骨汤、盐少许，寡味，清爽，但肠胃滋养。日子越久，越觉得平淡真是个好东西。

素心，若清水煮莲子。一个人，独活，那心里，清喜着，也清凉着，尘世纷扰，与我何干。

「 明月不减故人 」

最喜安静之夜，明月照心，清风挂帘。

夜深，繁花睡去，碗筷睡去，锄犁睡去，灯盏睡去，树影透过窗棂印上白墙，在案几上投下了斑驳的碎痕，月光推门，梨花满地白如雪，一番清远深美、岁月静好的唯美的意境。

风吹不跑调，月洗不薄词。于此光明月下，花自芬芳，披一身月色，你不言我不语，该安静的安静，该从容的从容。明月依旧，如一阙朴素的词，与我之前从不曾拥有的意外劈面相逢。

温一盏茶，于月下小坐，茶中见月，月下品茶，心境宽阔平和，眉目清凉安详，风一动，花香自来，虫鸣自来，露水沾衣，尽得闲散之意。

"幽堂昼深，清风忽来好伴；虚窗夜朗，明月不减故人。"清风朗月，无须一钱，却千层山万里路地赶来，这番深情厚意，这场磊落情怀，恰似故人悠悠。白头如新，倾盖如故，这故人，也定是知心解意、值得一念的老友，是大雪纷飞时的一根篱杖。

月华如练，旧人，旧物，旧事，旧梦，旧光阴，都在心里发着光，既光明又低调，从来那么遥远又从未如此走近，前尘往事，散发着微芒，真是一言难尽的迷人。

"山之高，月出小。月之小，何皎皎。我有所思在远道。一日不见兮，我心悄悄！"

思起张玉娘的小词，知世间有一种爱，叫无言亦深情。于是爱上这"悄悄"二字。月朗星稀，花卉之宵，思念忽至，无声无息，心上之人白衣胜雪，繁花不惊，看过的风景，爱着的人，即便不说，那心事也是白纸上落墨，风知月晓。二十四桥，年年明月，那个披衣添茶的人，一直都藏在心里深处，妥妥安放，心里的山山水水，花开满枝，只是悄然芬芳，只是不说啊。

清风无别事，忽来动花影，拳拳心意，眷眷怀顾，其实，于月下赏花，赏的何尝不是一个人的爱，月下观物，观的何尝不是一个人的心，月下读信，读的何尝不是一个人的情，尘世碌碌，唯愿花好月圆，清风徐来，茶香悠然，花与茶各自生香，万般皆美。

行走在月光里，携一份孤独，一份安静，心越来越透亮。半世尘埃拂去，一低眉，是淡淡的花开，一挥手，是细细的清风，一顿足，是一身不可捉摸的迷藏。于明月当空、万物清宁之境，感悟一种大气，一种安定，一种肃静，一种清幽，一种静笃，生一副苍茫旷寂的慈悲的心肠，而后，以清心看世间万物、看俗常烟火，更觉深爱。

清风拂尘，明月洗心，那时天地宽阔，如山野流泉，清水濯面，若有一丝烦恼，洗去了，有一些计较，洗去了，有一声喧哗，洗去了，不与人争，不与世吵，洗了个干干净净、清清爽爽，山还是那道山，水还是那条水，月还是那轮月，只留下一份淡泊的情怀，一种清闲净美的心境。

不管岁月多长，人内心都当存一轮明月，照见最深处的自己，清风做客，草木飘香。书间芦花荡，心住白月光。

「 把岁月写在荷花上 」

　　每年初夏，都要去很远的路看万亩荷花。但常常是有空的时候花尚未开，待花开时，自己又恰好忙得晕头转向，若等到下次再去，已是一池的颓枝败叶，余晖残蓬，总是甚觉遗憾。

　　十万狂花入梦寐，天下之大，不论八大山人还是张大千、黄永玉，凡我所见，任谁都钟情于荷花，痴荷爱荷者，又何止我一人。

　　喜将周敦颐的《爱莲说》诵之朗朗："水陆草木之花，可爱者甚蕃。晋陶渊明独爱菊。自李唐来，世人甚爱牡丹。予独爱莲之出淤泥而不染，濯清涟而不妖，中通外直，不蔓不枝，香远益清，亭亭净植，可远观而不可亵玩焉。"反复玩味，竟觉此说即是荷本身，因此"说"更接近荷之灵，亦因荷更觉"说"之余味悠长。

　　见金农所绘的《荷塘忆旧图》：长廊，栏杆，荷叶清丽，一蓬又一蓬。一人凭栏赏荷，一瓣山光水色，一缕粉蕊燃霞。画面含蓄温暖，空白处，金农题自度曲一首："荷花开了，银塘悄悄。新凉早，碧翅蜻蜓多少？ 六六水窗通，扇底微风。记得那人同坐，纤手剥莲蓬。"

隐隐约约，闪闪烁烁，画中有景，景中含情，满池荷花，清香四溢，静默无言，如此画意，如此诗情，将情绪推至极点，恍若自己就是那画中之人，赏万亩荷花，与美人同坐。

亦终于得知骚人墨客为何如此钟爱荷花了。山衬着水色，水映着花屬，满池荷香，朵朵娉婷，清香远溢，凌波翠盖，那番从容淡定之态，是最柔软的倔强，最热烈的清凉，最天真的深沉，最简单的复杂，最潦草的明媚，内心千军万马走过，表面也波澜不惊。只是，每人赏荷的角度不同，心境不一，所写、所画之荷也各自生姿。

八大山人的荷花不是春色娇艳、欣欣向荣的鲜花，而是浅水露泥，荷柄修长，是残叶败荷，"溅泪"之墨花，一如他一向的画风，凄凉寂寞，冷意逼人；张大千赞荷花"君子之风，其清穆如"，在居住的庭园内，通常要开辟池塘，遍植荷花，即便在环境稍局促的摩耶精舍，他也用几只大缸养满荷花，所画之荷的素净纯美，高洁清妙；荷痴黄永玉，儿时为了躲避外婆的责骂，常逃到荷塘里，躲在荷花底下，看那些苔、草，那种光的反映、色彩的关系，非常丰富，画的主体突出，色彩斑斓，厚重而有力。

"山有扶苏，隰有荷华。""彼泽之陂，有蒲与荷。""荷钿小小半溪香，水凉风搅一池荷。""莲花迎我至，婀娜我自痴。""荷叶罗裙一色裁，芙蓉向脸两边开。乱入池中看不见，闻歌始觉有人来。"一首首小诗，是荷韵花灵，藏着露水的风味，月色的清香。

前些年曾去洽川看荷，荷叶田田，绵延数十里，满池的浅红深碧，层层叠叠，密密麻麻，炎炎夏日里总见清凉，一种按捺不住的清凉，总见孤寂，一种抵挡不住的孤寂。如此景象，怕是最易引发诗情吧，才子佳人赏荷、画荷、写荷，托荷寄情，一生为荷痴迷，相逢如初见，相看两不厌。

佛教说"花开见佛性"，这花也指荷花。因荷乃花中君子，神圣洁净，万花之中，数荷花最大最盛，柔软素净，代表庄严妙法，坐其上花却不坏，被升华为天上之花，有别于人中之花，"人中莲花大不过尺，天上莲华大如九车盖，是可容结跏趺坐"。于是荷花成为佛教的象征。

忍不住也学人种荷花。买来一口黑底白边的瓷缸，缸底铺一层半尺厚的沤好的塘泥，提前还要先磨莲子，把种子圆头的那一端磨破，放水里浸泡，等待冒出芽和茎，移植到缸中的塘泥里。一个星期，有荷叶冒出来，再过几日，荷叶长大了，粉嘟嘟一个花骨朵，荷花也开了，旁边出来一个小莲蓬，散发出摄人心魄的清香。

说来也怪，我曾见过牡丹的华贵，菊的清傲，但凡华丽鲜艳的东西总是难以入心，但这荷花却真是例外，硕大也壮丽，却觉她华丽的外表下装着一份天真、一份执拗、一份情怀，让人魂牵梦萦。

渐渐知道，每一朵荷花，都是从一颗莲子开始，在污泥中挣扎，一寸寸长壮，一尺尺拔高，最后在阳光下惬意舒展。每一片从淤泥里生出的叶，都拥有着属于自己的姿态，属于自己独特的美。一场风雨过后，荷花静默，转而嫣然。身处于黑暗，清水出芙蓉，依然保有对世界的热爱，深爱，厚爱。那种气象与格局，必是历经苦雨荆棘坎坷而来。待深秋时节，几万亩的荷花，她们开得惊艳，也颓得惊悚，有人号啕大哭，有人默默落泪。生是绮丽，死是肃寂，生与死实现一次宏大的转场。

人说荷花出淤泥而不染，污泥是什么？是她的磨刀石，是她的炼钢炉，也是她的花肥料，是她走过的每一个平常无华的光阴。浅淡生骨，静心为水，入泥三分亦不染，出水三分亦不媚，剩下四分立于风中得失从容。

手中的荷叶茶，味淡苦、气清香，有着千帆过尽的沧桑与从容，心里忽然觉得，原来在荷花的岁月里，每一个过往都是成就，嗅荷香，赏荷花，品莲子，将生活化成蜜、写成诗、酿成酒。

「 事无好坏，自然就好 」

屋后的一大片菜地，水桶高的白皮松挨挨挤挤、密密实实，乌泱乌泱的，飘着松香。父亲拿着铁锨，拉着架子车，开始起树、移苗，他要将这些树苗移植到靠县路上的一个坡地里。

去时多是下坡路，父亲驾辕拉车，一路小跑着，有时车速冲得太快，父亲时不时把辕驾起，让架子车的后撑角在地上跐着，以增加车轮与地面的阻力，车子过去之处，土路面上就划出两道长长的白线，乡村的土疙瘩路，架子车也有了年岁，"嘎吱嘎吱""哐哩哐啷"发出长长短短的呻吟，拽车的皮带也被磨得一截细一截粗，毛毛的。

这片地离村庄较远，偶尔一块翻了土，像癞痢头，也像一片荒野地。地上毛茸茸的荒草，踩上去如地毯般软和。倒是村民种地时遗落在路旁的麦种绿茵茵的，给土黄的路面增色不少。结满籽儿的蒿草立在田埂，地头的杂树顶着枯黄的树叶在风里哗哗欢笑，狼尾草、毛儿草开得欢腾，还有一种名叫千里光的家伙，像一簇簇乳白色的纽扣，村里人采去治疗疮痈。

冬季是农闲时节，但农人怎么能闲得住，野外寒风彻骨，但依然有人来地里忙活，搭葡萄架、翻土、施土肥、包裹苗木、覆盖蔬菜，把粪沤到地里储蓄养分。

父亲已经把车停在地头。地里每隔一米一个坑，盆口大小，已经提前挖好，父亲一窝窝将树苗放进坑里，填土。这一车，也就拉十来棵苗子。每拉一趟苗，父亲就得再回去拉一趟水。一路上，父亲驾辕拉车，我手搭在车子上，时不时拉拉、推推，父亲说，最怕车胎跑气儿，若走到半路上，即使是空车，也会拉得他出一身汗。

装水的蓝色水桶是腻墙用过的大白粉桶子，架子车放三个，依然拉到地边，停在坡上，接了一根长长的细软管，软管的一头系了半截砖头，放进水桶，另一头坡下的地里，父亲深呼吸，然后对着软管吸气，把坡上水桶里的水吸下来，就哗哗流下来，他开始拿着软管一棵棵浇灌树根。

年近七十的老父亲，年轻时为了全家的生计，给人理过发，做过木匠，后来又做安装，这些年去西双版纳、兰州、武汉等多个城市，不论走到哪里，心里都惦记着家里这块地，秋忙、春种一定都会回来收割、耕种。

那时，父亲闲时会给我们吹口琴，唱样板戏，跳藏舞，小伙伴们也常来家里凑热闹。转眼三十多年过去了，父亲如今腰弯背驼、头发稀少凌乱、胡子拉碴，却不改乐观本色。

农人务农，是从来不怕辛苦的。现在，父亲正兴致勃勃地培土壅根。他告诉我，趁冬季树苗睡着了，这时候移苗，栽植成活率更高。父亲手扶锨把，用脚掌把铁锨扎进地里，说，再过七八年，咱家的树也长大了，一棵能卖到 50 元，你们不想在外面待了，就回家来。说这话时，父亲的脸红扑扑的，眼睛都放着光。

常常不敢看父亲饱经风霜沟壑纵横的脸。隔壁坡地上荒草萋萋，又添新冢，硕大的花圈放在坟头，问谁去了，父亲说同村的一个伯伯。小时候，常来家里给我糖吃的那位。时间无情，世间的生老病死反复轮回，让人心里凄恻。父亲反而坦然，说人这一辈子，不管人愿不愿意，这个土馒头谁都得吃一个，都是很自然的事情，这世上，只要是自然的事情，就没有什么好与不好，也没有什么可以难过的。

小时读过《小窗幽记》，说，眉公居山中，有客问山中何景最奇，眉公曰："雨后露前，花朝雪夜。"又问何事最奇，曰："钓因鹤守，果遣猿收。"我们的山野，溪水、树木、野草，风都在相互耳语，美景在眼前，又有几人能赏。

回家路上，啄木鸟把树啄得梆梆响，整群的麻野雀在皂角树林里嘘嘘地叫着，柿子树在空中零星地挑了几只红透了的柿子，一些麻雀飞来飞去，冷不丁俯冲下来啄几口，杨树上，老鸹将窝高高地架在三角形的树杈间，最外一圈用稍大点的树枝搭起来，里面铺了厚厚的玉米须，建得严密、结实，等待今冬风雪来临。

家里院子的水管也穿上了厚厚的棉裤，柴房堆满了劈好的木头，玉米芯，棉花秆、玉米秆和烂瓦片堆在檐下。架子车倒支起来靠到墙上，月亮静静升到了树梢，电线在空中交错而过，乡村冬日的夜晚就这么静悄悄地来了。

「 做个闲人，住进山里去 」

　　或是真到了半身埋土的年龄，世间越热闹，越想缩回去，常常一个人待着，大半天不说一句话，心里却是无比的敞亮干净。

　　常说自己是个懒人，懒与人交往，若让费神去猜人心，不若背包简行，去山间走一趟，掬一捧清泉，饮两口清水，顺手搬起石头，看小螃蟹、小鱼虾倏忽爬行、游走，或是走一走长满青苔的石阶，看一看白漆剥落的墙壁，推一扇吱扭作响的老木门，一处清静的小院，一隅翠竹黛瓦，夏蝉声声于耳际，荒草抚腰，世间碌碌，与我何干。

　　自己于这个时代格格不入很多年，终于鼓起勇气做一个大城市的叛逃者，觥筹交错、钩心斗角皆非我所长，既然打不赢，干脆躲起来，待南风吹起，驱车进山，草皆绿，花半开，路通向哪里，人就去向哪里，云飘到哪里，脚步就走到哪里，别人在是非里勇敢，我却要到无人之地讨个清闲。

　　自是少言寡语，那些可有可无的话，说一句少一句，宁愿和小猫小狗小鸡小鸭逗乐，或与花与草与虫与鱼倾诉衷肠，和它们说话，说的人轻松，它们必定也听得自在，即便三言两语，心却是软和的，好山好水好四季，所有浮华，都成一味清欢药。

曾经，多少年的时光荏苒，为了小家糊口，樊笼久困，心怎样也都飞不出禁锢的肉身，远处青山绿水，却一日三餐，大门不迈。其实也无碍，人生千万里的路，本就只能一米一米地去走，城市再多热闹，却无安置寸心之处，无论如何，人终归是还要为自己的心寻找一个憩息的地方。

终南山是清净之地，亦是修行之地，常两三好友，挂杖而行。山路崎岖不平，亦有同道之人，偶尔相遇，点点头，不问路有多远，都是为安顿一颗心而来，萍水相逢，即使无言，亦是知味的人遇见知味的人，不过一个"懂"字，不去点破罢了。

有两三茅舍，建于翠色深深的山腰，抑或白雾缭绕的山头，舍主好比神仙，种瓜种菜，养鸡养猪，夏季如何热燥，都可在树影斑驳的屋檐下，享一番沁凉。一年四时，看春草如何滋长，夏日如何酷热，秋雨如何疯魔，大雪如何落满山头。

也有餐食小馆换得营生，菜品简单素淡自不必说，来来回回也就是那几样，土鸡蛋，野猪肉，神仙粉，山野菜，小酒小菜，干净可口，怡情悦性。店家招牌，亦非如椽巨笔或华章巨制，木块刨光，写上店名，草绳穿引、打结，悬挂于门楣上，字迹无大家风范，却拙朴而有趣，至于客人，均无须刻意招徕，随心而来即是。

白日里，听风听雨，看花看水，制一把小扇驱热迎凉，摘几颗青梅回味无穷，漠漠水田，阴阴夏木，一阵清风拂过，花草香气袭人，至夜，流萤四起，灯烛昏黄，几只飞蛾扑腾来去跌跌撞撞，更添情趣，即便无人邀约，亦在可清风明月间颐养诗情胸意，看皓月当空，听十里蛙鸣。

山居生活清淡，也清苦，却触目自然，尽享自由。若能在此清静之地修一小屋，自己做个泥瓦或木匠，刷白的墙壁，搭建屋顶雨棚，伐树取材，自制桌椅，垒一个灶台，置一口铁锅，从屋后山坡上的泉水，拣风吹落的树枝烧火，布衣素食，粗茶淡饭，最宜养心养胃。

当然，还要开辟一容纳四季风物的小院，种下辣椒白菜土豆萝卜大西瓜，吃穿用度自给自足，再养一条小狗，植两株闲花，看花开花落，怡闲情雅思。夜里掌灯读书，满室竹影月色，茶水润心，眼前是青山如寂，耳边是欢脱的虫鸣鸟叫，静静地享受天地滋养，体会来自内在的快乐，天地大美无言之感。

若能在山腰开间茶舍客栈更好。自己食宿，供游人歇脚、饮水，可谓功德，当然也一定要把它布置得有山水风味，使得"居之者忘老，寓之者忘归，游之者忘倦"，白日里茶香淡淡，细竹清雅，炊烟袅袅，至夜，赊给客人的，是一穹幽蓝深远的夜空，一轮皎如银盘的明月，一条万点璀璨的星河，而我，可以沐浴着白色的月光，在无人的山野里慢慢地散步，直到深夜。

世界上，有一种出家，是为了回家，有一种逃离生活，是为了回归生活。梭罗独自在瓦尔登湖住了两年零两个月之后说，"一个人，只要满足了基本生活所需，不再戚戚于声名，不再汲汲于富贵，便可以更从容，更充实地享受人生"。一粥一饭，一桌一椅，没有过多的欲望，也没有了不必要的花销，但有字可写，有画可作，简单而自足，山居之味，看似清贫，却无闲事挂心，竟然事事如意。

世间风景万千，终于是抵不过内心的安宁与丰盛。人生最适意，莫过于不在云谲波诡的红尘里起起伏伏，在远山深处修篱种菊，有悠闲境可居，有相爱人可守，有欢喜事可做，青山碧水之间，着布衣，种蔬米，亲自然，不追名逐利，无繁华迷眼，将自己放还自然，归于生活。

多少年后，手边的书页又破又旧，身上的衣服烂了又补，我还是愿意，住进山里，或者，让山住进我心里，过了春夏，再过秋冬，于天地之间，做一个坦荡荡的闲散人。

「 常如冰雪在心 」

常见人戚戚焉。说把这个世界看透了，所以伤了心。其实真的看破了，万水千山都是浮云，又有什么可以伤的？心不动则不痛，若可保有一份返璞归真之心，做一个最懂这个世界的看客，穷尽一生，走向内心的清凉和安宁，心神澄澈，是为造化。

在老家阔大的院子，花在墙角绽开，云在窗外踱步，鸟在檐下穿飞。我泡上一杯茶，轻轻抿着，门口有村里人经过，唤着我的小名，"娜娜，回来啦？待几天？""待个一两天，婶子。"笑着轻声打个招呼就好，没有人思忖多想，也没有繁文缛节，淳朴自然，有一种躲开红尘的感觉，那种安静清凉，是我喜欢的。

村子在秦岭山脚，离县城不远，离河水不远，离树林不远，田地茫茫，宽阔无边。所谓大自然，它拥有的一直都是顺理成章的自在，比起喋喋不休的红尘，它的博大无言总能妥帖地安抚人心。

不与人纠结，与热闹渐行渐远，烹饪物事倒越来越应付自如。凉拌木耳，香椿炒鸡蛋，自己蒸花卷，烙锅盔，窝醋，做柿子饼，麦饭，和乡里其他的农家小媳妇儿一样，擅长擀面，一小块面团，擀得圆圆大大的，切得细细长长的，下锅煮好、捞起。

臊子，是小丁丁豆腐木耳红萝卜西红柿青菜，红绿交缠白黑相间，浇在热腾腾的面条上，看父亲端着老碗蹲在房檐下就蒜醋畅地吃着，心里美极了，这世界，最美的艺术可不就是烟火日常嘛。

日子过得跟画一样。平日里，林间观松韵，石上听泉声，草际烟光，水心云影，闲中观去，见乾坤最上文章。待雨水已过，潮气上升，夏日午后，红肥绿瘦，采来紫桑冰镇盛于白瓷细碗里，赏心悦目，午夜醒转，有小昆虫于窗外嘶鸣……若至秋日，水天一色，上下空明，云白烟青，气象宽平，小喜可欢，使人神骨俱清。

这简朴村落的日影，鸟啼，空山，飞流，顽石，流云，霞光，人语，草木葳蕤静默，山河老成沉稳，都让人心安，收拾起小半生的行李，置于这里最安静的角落，莫名满足，着一身素裙，腕上一只玉镯，把一切都扫干净，天宽地阔，如何巨大的事都云淡风轻，都放下了。

翻看民国时期小学语文课本上的文章，看到这样的句子："竹几上，有针，有线，有尺，有剪刀，我母亲，坐几前，取针穿钱，为我缝衣。"民国年间，纵是兵荒马乱，却有人心淡定，写出这样的文字的人，一定是花无香，茶无色，内心纯净清朗的。

而今我的母亲的眼睛早已不大好了，耳朵也沉了，说话得大声喊着和她说，她还是会歪着头，手搭在耳旁说"说啥呢？大声点！"

给她买的新衣总舍不得穿，瘦小的身躯裹在我上中学时的绵绸的旧衣裳里，显得很宽大，不合体，那泛着旧光阴的褶皱和墨点，却温暖得让我想落泪。母亲一生大门未出，围着小家转圈圈，河里浣衣，井中取水，灶台做饭，针线缝衣，内心纯良，从未对子女有任何要求，也不要大富大贵、万事计较，只愿家人日子过得安稳、身体没病就好。儿女的半生，是母亲的一辈子，我们就这样走过了四十个年头。我如此爱她，于是竭尽所能，修得内心风停雨骤，安分地陪在她身边，衰老病痛，待岁月之水漫过。

　　要说起来，人生最重要的还是要修行、修心，修掉那些多余之物，删繁就简，越简越好，清白，坦荡，也无风雨也无晴，便是最圆满。人还年轻，心已老了，或是人已老了，心还年轻，锦心素面，都是修行习得的。细细想想，都好。

　　佛说，红颜白骨皆是虚妄，青青翠竹尽是法身，郁郁黄花无非般若。这万象皆为，心植一株因果。常如冰雪在心，胸中无一物，才得天地景全。人生在世，如泛扁舟，俯仰自如，从容中流，鸢飞鱼跃，可以活泼呈现，天高海阔，心如冰雪，可以一心去含纳，可装下山河岁月。

　　愿于这简朴的小屋，抛开世事烦扰，我眉清心静，面容清和，与一声鸟啼、一朵闲云、一面青山、一株花草、一淙溪水交付欢喜，原来，内心清净，鼻息如幽兰，唇言似花语，是大漠孤烟，是雪落梅花，是晴空皓月，是纸端云霞，是杨绛先生说的"人生最曼妙的风景，竟是内心的淡定与从容……"就这么安安稳稳地活在地面，亦是我对自己最最满意之处。

还有那个一生中和自己朝夕相处的人，凡事有商有量，日子淡而有味，才能一起往前走。懂得与身边人相处的女子，亦是冰雪聪明的女子。曾读过台湾女诗人张香华的故事。她与丈夫柏杨结婚十年后，才发现先生还有一个孩子。她的解决方式不是哭闹，而且是在睡觉时不经意地提起："我还知道你有秘密哦。"并且她给人讲："在家里，柏杨喊我名字时叫成了'张明华'，我都原谅了他。"张明华是柏杨先生的前妻。若这事放在普通女子身上，那真真是不敢想的。

百年人生，总会有所思想与归纳，唯心有冰雪，才得世间一切美好，许是让人醍醐灌顶、迷津顿悟之箴言。

第五卷

愿有素心人，
陪你数晨昏

「 最是寻常烟火味儿 」

也曾是个十指不沾阳春水的人，见了家务就想躲得远远的，如果不吃饭可以活着，绝对不去碰那油腻与残汤，七大姑八大姨，锅碗瓢盆，琐琐碎碎，家长里短，离得越远越好。

你想，对于一个心里装着诗与远方的人，烟火味儿，市井、嘈杂，多俗啊。

但书里的烟火却那么有味儿，甚至迷人。

读清少纳言的《枕草子》，描写日本宫中的贵生活与趣事，里面的女子作诗吟咏弹琴，或与男子逗趣调情，满满的生活情趣。服饰、花朵、植物、鸟鸣，以及人物的表情和谈话，随手翻翻，处处烟火，处处诗情，真的很美。

《浮生六记》里的陈芸，食无佳肴，她却"善不费之烹庖，瓜蔬鱼虾，一经芸手，便有意外味"；家无园圃，沈陈二人即倾心盆栽，"点缀盆中花石，小景可以入画，大景可以入神"……简直醉了。

《秋灯琐记》里蒋坦的妻子秋芙，她和蒋坦下棋对弈，技不如人却耍赖；自制精美的书签，并用云母之粉染色；拾花瓣砌字；还有救燕巢之举，此外，还琴棋书画样样精通……多有意思、有情趣的一个女子呀。

原来有烟火味儿的女子是这般心灵手巧，有趣好玩。若是男子，又该如何呢？

吴越王的爱妻回家探望，许久未回，吴越王钱镠走出宫门，只见凤凰山下，西湖堤岸已是桃红柳绿，万紫千红。这位"目不知书"的王回到宫中，提笔写下书信："陌上花开，可缓缓归矣。"不过是寥寥数语，却情真意切，细腻入微。

大才子祝枝山，风雨交加的一天，在家闲着没事干，偏偏又犯了牙痛，心情很郁闷。于是想，如果邀请朋友一起来喝酒、博戏，亦不快哉？于是提笔挥毫，写下了《祝允明致文贵》："登高落帽，皆为风师雨伯阻之，虽病齿少饮，安能郁郁独抱膝坐屋子下对淋淫乎？驼蹄已熟，请午前来，呼卢浮白，共销之也。一笑。允明顿首。文贵兄足下。"

意思是说，文贵兄，虽然我牙很疼，不能多喝酒，但整天抱着脚窝在家里，就这样对着外面讨厌的雨也太郁闷了吧？驼蹄已经炖熟了，你中午前过来，我们一起喝酒博戏多开心。

这样的男子，一样地让人如沐春风、如坐暖阳。

记得和先生相识之初，他来家里，对着我乱糟糟的猪窝般的房间一声哀叹，然后戴起口罩清理灰尘，收拾、清理乱糟糟的衣物，洗碗，拖地，再去楼下买了几盆花草摆上，让家里顿时焕然一新，那时，心里是七零八落的温暖感动，一下子就抓住了我这个小女人的心。

多年过去，如今平日里下班回家里，先生还是会系着围裙走进厨房，水管哗哗哗一响，菜刀咚咚咚一剁，菜在锅里刺刺啦啦一叫，就是抽油烟机也挡不住飘出来的饭菜香。半小时过后，桌子上做好的红烧肉，香菇青菜，鲫鱼豆腐汤，冒着热腾腾的香气，先生从厨房走出来说一声，"洗手，准备吃饭"，我立即抛掉手里的书本，那一刻，一天的疲惫和烦恼都化为乌有，成了满当当的幸福。

《深夜食堂》里说，食物是能量，是治愈，是珍贵，人间的味道叫作烟火气，时光是最昂贵的成本，爱是一切故事中最美的部分。生活是一部无字天书，需要自己慢慢领悟。

于是，渐渐学会走进厨房自己倒腾，为自己爱的人准备晚餐，哪怕是一份煎鸡蛋也好。淋一点酱油，撒一点葱花，选一个精巧的器皿，用香菜、圣女果做盘面装饰。简单或是丰盛，全看心情。有时，也会精心挑选统一色调的清新木质地板，淡淡的烟灰色的沙发和毛毯，木藤编制的储物盒，几盆充满生机的绿色植物。

渐渐懂得，一个会生活的人，不会因为压力和匆忙乱了阵脚，把日子搞得凌乱不堪。一个家庭里总有一个人在厨房里辛辛苦苦地付出，有这样的人在，厨房里会干干净净，也一直弥漫着香香的烟火气。

烟火味儿，其实也是早早就根植在内心深处的一种无比亲切的味道，是儿时母亲灶台忙碌的身影和屋顶升起的袅袅炊烟，是厨房锅碗瓢盆的交响和家长里短。家乡的小农庄，是最有烟火味儿的地方。繁华遍野，鸡鸭满地，泥土的腥，雨水的潮，秋天的柿子，十里的荷花，冬天白雪覆盖的田野玉树琼花，清风明月虾，满池塘青蛙，晨起的鸡鸣，夜间的狗吠，带着露珠的西红柿，刚拔出来粘着土的蒜苗，带着毛刺的小黄瓜，让人深深迷恋。

而今，常常在黄昏，和先生收拾完碗筷，换上舒服的鞋子，一起去公园遛弯，和先生常常在街边地摊儿上淘货，袜子、皮带、手套等小零碎，也在桥上吹风，看远处的灯光和风景，小超市、小饭馆进进出出的人们，生动的小事有真味。闲来无事，在细雨微湿或落满阳光的露台上打理植物，牵牛，茑萝，仙人掌，甚至也许只是破搪瓷脸盆里的一棵太阳花，或是前日按进土里现已发芽的蒜苗，生机勃勃，家常却绝不潦草，隆重得恰到好处。

小小的厨房，生产幸福，美食让人欢欣，生活简单却充实。小火慢炖，将生活嚼得有滋有味，把日子过得活色生香，喂马、劈柴、生火、做饭，煮一锅香气四溢的浓汤。无论人走多远，都得回到家里，回到一日三餐，人生在世，一日三餐，无论走多远，最终还是回到餐桌前，与家人吃顿饭。我们用心深爱的，也就是那个为自己下厨的男子，为自己洗衣做饭的女子。

摇一摇扇子，听一听小曲儿，煲一锅老汤，享受明亮或低温的生活，细水长流的温暖，细枝末节的关怀，烟火气才是生活的真谛，没有了烟火气，生活就是一场孤独的旅行，千山万水走过，烟火味儿，才是人生最深、最好的修行。

且将新火试新茶。烟火味儿，藏着生活的品质和状态，行走在烟火里的人，内心才更加安定、踏踏实实、真真切切。

「 复得返自然 」

门口这一簇菊花，斜斜地偎着木栅栏，红的、紫的、黄的，开得灿烂，有蜜蜂嘤嘤嗡嗡飞舞其间，它定不孤单。菊残犹有傲霜枝，也从不担心哪天有霜杀来，自顾自盛开着，在雨里喝水，在风里摇曳。

靠墙的木架子上生着一个个翠碧如玉的小葫芦，有些吊在空中，有些搭在树枝上，有些躲在宽展的叶子后面，拧着身子探望。木架子因长久风吹日晒雨淋，业已腐朽，但这丝毫不影响小葫芦娃们的茁壮生长，下一场雨，就壮实一分。

我喜欢在它们中间坐下来，安静地看天、听风。

我迷恋家乡的土疙瘩和葱茏的杂草，虽然那是一片荒野地，但有了虫儿们的音乐会就热闹多了。每当夜幕降临，人们安睡，狗也不叫了，这块地的虫子们就活跃起来，蟋蟀、蚂蚱、蝈蝈们跳上草尖，或是躲在最隐秘的地方，唱起最响亮的歌谣。喓喓草虫，趯趯阜螽。未见君子，忧心忡忡。其实，只要听到这声音，内心的忧愁早就逃遁得无影无踪了。

但对那些严阵以待白皮松一直保持一份警惕。不知什么时候开始，村里刮来一阵风，家家户户地里都栽上了这个，先抛开对土壤有无危害不论，那种麦浪滚滚、四季换装的景象却是少见了，心头总有些空。

母亲把豆蔓拔下来，放在院子里铺好的篾席上，然后坐在小矮凳上摘豆子。有些豆荚已经干透，碰一下就哗啦啦地到处乱蹦，调皮得很，根本不像棉花那般乖巧。干得稍微卷曲的棉壳都吐出了雪白而又柔软的棉絮，母亲左手提着蛇皮袋子，右手手指捏着棉絮，灵巧地从棉壳里把棉花完整摘出来，放到席子上晾着，而一些棉桃，棉絮半吐不吐甚至一点也未裂开嘴的，母亲就将整个棉桃摘下来，放在日头下晒着，待吐絮后再分拣。

辣椒也摘了一笸箩，红的、绿的、半红半绿的，有的细细长长乖乖巧巧，有的椒蒂挨着椒尖儿打着卷儿。整个夏秋的季节里，它是长得最结实繁盛的。各地的辣椒口味儿，贵州是纯辣、重庆是麻辣、湖南是香辣，都知道陕西人最爱的是油泼辣子，辣椒面上放些盐巴、五香粉，热油刺啦一泼，香味蹿出几丈远，调面夹馍都行。但实际上，陕西辣椒吃法多变，这辣椒刚摘下来，母亲把鲜辣椒用清水掏净、剁碎，用盐腌好，醋、香油等调料一放，拌和拌和，用篦子腾了几个热馍端上来，我们掰开馍一夹，保证看的人口水能流一河滩。

收芝麻要特别小心，地里铺个塑料布或大床单，用镰把秆小心翼翼割下来，放在布上抖一抖，让芝麻粒儿落到布上，然后把芝麻秆一捆捆用车推回家，用细绳绑了吊在屋檐下晾着，地上铺上一张篾席接着，或是直接放在席上晒，几个日头后，有些芝麻会自动爆开，有些要用棍子轻轻敲打，然后用筛子、簸箕把芝麻粒中的杂质和枯叶筛去、簸掉，就等着吃了。

坡沟的那小块地种着花生，现在已经成熟了。母亲拽着花生秆，从地里把花生哗啦啦地拔出来，麻窝子花生一嘟噜一嘟噜的，沾着些土坷垃，乖巧得可爱。剥开壳生吃一个，又嫩又香，母亲把花生放在蛇皮袋子上，摊开了晾晒。我剥了小半碗，母亲烧了开水，加点盐巴和五香粉，一起吃煮花生。

平时母亲一人在家，这些农作物都没有大面积种植，但样样都种一些，自给自足。花椒树也只栽了六颗，够自己家人吃就行，现在母亲已经把花椒采了下来，一爪一爪的，还带着绿叶儿，红壳黑籽儿，用筛子盛着。

枣子有大有小，有的绿中透黄，有些已经红透，有的一半深绿、一半铁锈红，酸甜的，水泽饱满，味道很正，隔壁家枣树的枝叶伸过来，我家的伸过去，也都互相摘了吃，邻里邻居的，没人计较。柿子树负累很重的样子，垂着沉甸甸的枝条，绛黄色的柿子一个挨着一个，等待人去采摘。

临走时，母亲摘了两个老南瓜、两个小南瓜。老南瓜皮又粗又硬，白里透青，小南瓜墨绿色，柔嫩，指甲轻轻掐一下，就渗出黏黏的汁液，母亲说服我带回去，我嫌沉，她说，老南瓜可以包饺子，小南瓜炒菜，一个面一个脆，都好吃，无公害，你在城里买不到。

院子里，刚出生两个月的小狗蹦着逮蛐蛐儿吃，看见蝴蝶落在菊花上，连忙扑过去，奋爪而捕，憨态可掬。

秋天的乡野，飞虫在低处飞，鸟雀在高处飞，天空格外的蓝。

「 一粒猪粪的诗意 」

雨是从清晨四五点开始，淅淅沥沥在窗外下着。开始只是地皮有点潮湿，到了八九点就已经下透了，田野、道路、树木、花草，万物，都安静下来，默不作声，只听见刷刷刷的雨声。

生活里很多事情终归都被打破了，细雨打破晴朗，悲伤打破欢乐，小鸟打破天空，动荡把安宁打破，是因为心底里滋生出来的一丝小小的烦恼。这小小的不愉悦，忽然就来了，不打一声招呼，鱼一样一下子游进了心底深处，有一丝丝凄凉，一丝丝悲伤，让人开始带着审视的眼神怀疑周遭。为什么呢？我也说不清楚。即便是心里清楚，也是不愿都讲出来的。

下午天刚一放晴，知了就在树上扯开嗓子嘶鸣。红苕花大朵大朵开得格外艳丽，我和笨聪端小矮凳子坐在院子里掰碎锅盔，喂两只新来的小狗——笨笨和聪聪。黑色带领结的是哥哥笨笨，憨厚老实，土灰色的黑鼻头是妹妹聪聪，乖巧聪明，让母亲好生养着。母亲虽不是个细心的人，但仅凭小狗的这名字，倒也心领神会，一会儿给个馍馍，一会儿扔块骨头，精心饲养。

　　傍晚时分，吃了煎饼稀饭，顺手摘一根带刺的黄瓜洗了咔嚓吃着，在院子坐了一会儿，笨聪看他的世界杯，我听屋内父亲给母亲讲"外面的世界"（其实是我城里的家），有点想笑。父亲说，城里的小猫儿，黑白杂花，白得赛雪，黑得如漆，会玩铃铛，会站着走路，会看人眼色，晚上还依偎着父亲睡觉。但城里的人天黑都不睡觉，都一个个跑去公园溜达，跳舞散步打拳，还有人熬夜打牌喝酒，不像咱农村，天一黑就关灯睡觉了。母亲都静静听着，然后说一句，"早点睡吧，明天去地里扬粪呢"。不一会儿屋子里就起了呼噜声。

　　父亲大清早已经清空了自家水茅化，然后去买村里振海叔家的猪粪，问多钱，叔说"不要钱，让娜娜给我写幅字就行"。我忍俊不禁，差点把刷牙水咽到肚子里，听说过拿画换大白菜的，没听过拿字换猪粪的，父亲才不管，笑嘻嘻地应承了这事。俗话说，"养猪不为添油盐，积攒猪粪好种田"，发酵后的猪粪是农人的宝，可比我这字贵多了。

　　那堆猪粪就在村头路的拐弯处，把拐杖花滋养得繁盛鲜艳，经常有蓝色的麻野雀落在上面啄虫子吃。父亲把靠在墙上的架子车放下了，再给架子车搭上一个圈，把架子车拉到粪堆旁，用铁锹一锹锹铲到架子车上，铲满后，又拍了几下，拍实后，开始往地里拉。

　　父亲驾辕一路下坡，倒也轻松，但进地就不那么容易了，我和笨聪在后面撅着屁股使劲地推，父亲脚步变得沉重起来，皮带下面的汗衫湿成一片，汗水如雨珠般往下掉，脚步也更加缓慢，车轱辘陷进地里两三寸，我们后面推着，费力将粪车推到田地中间。父亲将辕栽起，将车厢的粪倒在地里，用铁锹扬粪。蓝天、白云、晴空、野地、高扬的铁锹和父亲的身影，构成了一幅绝美的画面。

我觉得粪好臭，父亲却说越臭越好，养分越高，到时庄稼会长得更旺。我也学着扬了两锨，结果岔气，后腰就像是"给猪八戒筑了两耙"那么疼。

有时想想，我们一辈一辈人都这样走过，汗流浃背的农耕生活，疲惫不堪也毫无怨言，土地上白了又绿，绿了又黄，人们收割、翻耕、播种，一茬又一茬，对这块土地，敬畏而虔诚。眼前的白鹿原上白雾缥缈，原下沟壑深深，层层叠叠的深碧浅绿里，搁着人心里的不平和期许。人在烦恼的时候，眼里是看不见景的。以前看了酸枣一定是要去打的，而今看它漫山遍野，却了无心思。

人就是这样，偶尔要由着自己性子来，想走的时候就走一走，想停的时候就停一停，经历一些事情，然后明白一些道理，再填补进坑坑洼洼的心里，期待它自己逐渐振捣、平整。最后发现，人孜孜以求的，其实不是黄金万两，也不是革车千乘，只要晚上十点睡去，清晨八点醒来，闭上眼睛就打呼噜，就是最大的幸福。

父亲和笨聪在地里忙，我在地头闲转，地头很多坟，旧坟连着新坟，一座连着一座。坟边荒草丛生，野花开得烂漫，我的太太、爷爷、奶奶都在那里，父亲说他和母亲以后也要去那里，说得那么自然。弄得我常常竟然有想进去看一看的想法。人世间的生与死，都是这样自然，最终，我们都会走进去，曾经对坟的恐惧感不知什么时候开始，渐渐消除到无了。

粪扬完，父亲拉着空车回了，边走边和地里的村民打招呼，笨聪怕我走得累，已经回去把电动车骑下来，准备载我回家。此时已至黄昏，整个田野洒满动人的金色，明亮温暖，恰到好处，让人怦然心动。

我坐在后座上，我胳膊伸在笨聪头顶，沿路一直拍啊拍，车轮轧在路上的树枝、石子、土坷垃上咚咚响着，手机镜头里出现破旧的房屋、夹道的鲜花，葡萄园、荒草地、玉米地、麦茬地、白皮松、桃树林、柿子树不停往后退去，天空、云彩场景不断变幻，农人推着车子退去，有人扛着锄头过去，崎岖的小土路一直在霞光里延伸，那么熟悉而陌生。

我问笨聪，"你爱我吗？"
笨聪，"必须的。"
"那你还爱我吗？"
"当然了。还用说？"

一日三餐，可以，一年四季，也可以，一生一世，可真不容易。当爱情的浪漫变成平淡的流年，谁又能保证一世安宁？只是，当你对着一堆臭猪粪发呆，突然有人为你折来一束野花，那些"意料之外"的欢喜，会让你感到妥帖而感动，为了这个，也是愿意交付一辈子的。

有点累了，把头抵在笨聪的肩头，一股浓浓的猪粪味道，笨聪问，是不是很臭？我却笑着说，嗯，很臭，越臭越好。

「 梅香和满仓 」

这个季节，地里的麦子已经抽穗了，油菜过几天就可以收回来磨油，现在也没什么事儿可干。满仓爷就开始摆弄着家里的那台十二寸的电视机。

房顶的锅形接收天线，已经掉了很多铁皮屑，可能是被雨水淋得太多的缘故，常常接收不到信号，只能收中央和西藏两个台，不是雪花点就是条纹布，满仓爷拧拧天线，又动了动机顶盒，还是没有反应，于是有些泄气，手在电视箱上"啪"地拍了一下，结果李梓萌和康辉就出来了，脸部轮廓清晰可见。

他们的声音真好听，又响亮又温柔。满仓爷爱看新闻，自梅香婆婆走后，满仓爷也只看新闻，只有听着主播的声音他的心才能安定下来。

吃晚饭时，满仓爷和往常一样，端着黑釉瓷碗，蹲在屋檐下的台阶上，就了口咸菜，筷子伶俐地溜着碗边刮转了一圈，把玉米糁子面刨到一起，褶皱如布的薄唇搭到碗沿，吸溜了一口，然后咂咂嘴，伸出舌头舔舔嘴边，将粘在嘴边的渣子卷了进去。

院子前方是一棵老榆树，树干扭成了一个粗体的"Z"字，"Z"字拐弯处有个老瓷碗那么大的黑色树洞，里面一寸深的地方，落着枯枝败叶。榆树的冠覆盖了三分之一的屋顶，屋顶的青瓦上，生着一片毛茸茸的苔藓，油碧的苔藓向周围蔓延，一切都悄悄地进行，不动声色。

几只老母鸡在院子里跑来跑去，摇摇晃晃忽闪着脏兮兮的翅膀，咯咯地啄着食，落在地上的榆钱、灰白的鸡屎和金黄的谷米几乎混在一起，满仓爷混沌的眼睛雾蒙蒙的，看也不看，只是把碗撂在一边，蹲在屋檐下，"吧嗒吧嗒"地抽着旱烟。

这个旱烟袋看起来有点历史了。黄铜的烟锅瓦亮瓦亮的，只是棱棱边边上残留着一圈烟油，青玉的嘴儿，长长的乌木烟杆上垂下一个小小的烟丝袋，那是深棕色棉布，绣了一个大红的"福"，左下方落着一个精致的"梅"字。

那是梅香婆婆年轻时给他绣的，线条匀称、针脚细腻。

满仓爷身后跟着一条灰黄的老狗，已经跟了他十多个年头了，狗毛稀疏，狗的眼皮总是恹恹的毫无生气，耳朵也无力地耷拉着，像两片晒蔫的树叶。

满仓爷的孙子曾给他带来一条漂亮的小泰迪，跑得特别欢实，叫得也响亮，但他还是喜欢这条老黄狗，又把泰迪送了回去。臭黄跟他多少年了，他走几步，臭黄就走几步，总在他左后方的位置，他累了休息，臭黄就趴在老人床边，闭上灰黄的眼睛，一动不动，步伐、脾气、节奏，跟他一样一样的，好像灵犀相通一般。

院墙不到两米高的地方扎了根钉子，满仓爷编了两串蒜辫子，想踮起脚把蒜瓣挂到钉子上，但举了几次都没够着。

"唉！真是老了呀！"满仓爷无奈地叹了口气。端了把小竹椅在院子坐了下来，不停喘着气，喉咙里发出"呼噜呼噜"的声音。

满仓爷的背驼了，弯得像一张弓。身体也像这年久日深失修的老屋，衰败破烂，因为重度哮喘病，胸腔里好像有一只球在滚来滚去，说起话来声音又低又哑，且气喘不止，这使他很少讲话，而他本身也没有什么话可对人讲，讲得最多就是一句，"臭阿黄，今天怎么不好好吃东西呢？是不是又想吃老太婆炖的红烧肉了？唉，再等等吧！过阵子就能见到她啦……"

待气息匀了，满仓爷就从贴身的衣服口袋里哆哆嗦嗦拿出一张皱巴巴的四方形纸片，纸片的棱棱边边已经起毛了，那是梅香婆婆给他的留言，上面歪歪扭扭乱七八糟地写着几行字：

"老头子，时间过得真快啊！再过一个半月你就八十岁了，多想陪你再过一个生日啊！可我怕是不行了，只剩老头子你一个人过了，记得给自己擀一碗长寿面吃啊！

转眼我们一起都过了五十六年了，有时想想，我一辈子跟了你这个人，挺不划算的，你脾气太坏，整天受你的气，你呀，也幸亏是遇到我了，不然谁能陪你过一辈子？

现在，你比年轻时又矮了四公分，体重也只有九十斤了，身体也大不如从前了，干活不要再硬撑着，撑出病来我在那边也不放心……

还有啊死老头子，你哮喘那么重，就不要再抽烟了！

我走了，再见！梅。"

"梅香写的字可真不如绣的好看呢。"满仓爷咧着嘴笑了。他每天都会把这张纸掏出来看几遍。

"梅香，多少个年头过去啦，麦子收了几茬了，榆钱开落也有八次了吧，可日子过得咋还是这么慢呢！"

太阳渐渐落下去了，天尽头泛起橘红色的霞光，满仓爷目不转睛地盯着那片红云，他看见，梅香就在霞光里安详地坐着，正在绣着什么。绣的东西那一定是给他的，最后也一定会落上一个"梅"字。

满仓爷的眼睛漾起了笑意，斜靠在椅背上，沉沉地睡了，口水丝线般一串串涎了下来。那些和梅香一起耕田、种地、做饭、务农的时光，一直都在梦里，历久弥新。

「 馀事勿取，闲话私房 」

花也看惯了，一直行走在春里，任山河潺潺、风月娟然，亦是觉不出什么好来。

周末午后，阳光正好，闲来无事，和笨聪两人清拣从王顺山带下来的两塑料袋战利品：一把荻草、松枝、两袋松果。

他找来一只溜肩圆肚的黑陶罐，一把长长的荻草散散地插进罐子里，细细的秆子银白色的花，在胡桃色的书架上，别有一番意趣和风雅。

笨聪双手叉腰，歪着脑袋，美滋滋地看着，对这个作品很是满意的样子。然后看着阳台的花花草草，打开窗户，让阳光照进来，把屋子里的花草调整方向，以瓢取水浇灌，一边嘟哝，亏得遇到惜花怜草之人，每天惦记浇水晒太阳，花儿才活得如此茂盛。

我于一旁偷笑，"天下赏花惜花人，更添花朵一缕香，你如此怜花，为花费心竭力，也是一道景致"。

笨聪笑曰，"我乃花中君子，怜香惜玉，为花添姿添彩，功德大矣"。

这一世，有人爱花不栽花，有人栽花不浇花，有人浇花不赏花，这花，就难得遇到这样爱花、栽花、浇花又赏花之人，雨露均享，得延寿命。

笨聪从松果里一点点拨拉出松子来，小小的一把松子儿，我就这么嗑着。

毕竟已到了年龄，牙口已不大好，松子在槽牙上咯嘣嘣打了几个滚，还是吐了出来放在手心上。于是聊天，以下对话，君且听听：

忽想起前日在王顺山上，细雪中手捧松果的那两只小松鼠。不由慨然叹曰：

"若你是那王顺山上的一只松鼠，这牙口连松子儿也不能食之下肚，岂不活活饿死？"

"我若是那王顺山的一只松鼠，一定会日夜站在路旁，捧着松果等你来。"

"你可傻，你若是松鼠，我一定也是另一只松鼠，整天围着你转，陪你上山下山，上树下树，帮你暖洞穴，给你找松果，再嗑好了喂你。"

我笑了，说话也变得柔软。

有人陪你更已深，有人陪你把茶分，一日两人三餐四季，这日子也有感人之处。

柜子里放着朋友送来的老班章。笨聪撬了一块，以沸水泡了，给我和他倒了一杯，轻啜一小口，咂摸着嘴巴，煞有介事地说：

"这茶，极渴的时候不饮，饮为牛饮，不能尝其香；极饱时也不宜饮，饮则腹胀气躁，亦品不出其味，只有在半饥半饱、半渴不渴时浅斟慢酌，色香味皆出，最为雅致。"

心情低落喝花茶，肝火旺盛喝菊花，不同的时间，喝不同的茶，若遇雨天，听着小曲、喝着热茶、看着外边稀稀落落的小雨，心情舒畅、茶味酣然。

喝不求解渴的茶，饮不求酩酊的酒，怕是生活里的真味。

此时，春雷声响，春雨随后，细细密密飘进窗来，放下茶盏，忙去掩窗，凭窗坐下，赏一番这惊蛰后第一场春雨。

繁花不惊，不是心冷了，而是心平平地落在了地上，妥妥的，日子就这么平平淡淡过着，最好。

「 此生都是春风少年 」

　　白衬衣，蓝仔裤，自行车，林荫道，惆怅地笑，认真地哭，那是我的清白之年。

　　像很多女孩子一样，我左手拿树枝，右手揪树叶，单数喜欢，双数不喜欢，嘴里念着，"喜欢，不喜欢，喜欢，不喜欢……"若摘掉最后一个是双数，还是不甘心，再重新折了树枝再数，非要数出一个"单数"来。后来知道，我不是喜欢单数，而是为了那个"喜欢"，死不回头。

　　总角之宴，言笑晏晏。多少回，一个人坐在河边，水淙淙漫过青白的石头，风细细地吹着我一脸的迷茫，一个人就那样毫无目的地走过年少青春的日子，那颗无处安放的心空荡荡的，一切都如此不完美，却是一幅自然静美的画。多少年回头看去，却依然孤单凄美。

　　那时，我们不识人生之味，心底柔软，眼有光亮；那时，日子还长，桃花满枝、油菜花黄。风吹雨成花，时光追不上白马，那消逝了的，是金子般的青春时光。而今时间的钟往后又拨了二十年，收获了人生经验一大把，也收获了内心的坚定和满脸的沧桑。

人这一生，或许都在积累，却从不把积累的当成资本。学会了放空，收紧，包裹，如花绽放，如果挂枝，秋收冬藏。抱香枝上老，尤有傲霜枝，于众人熙攘往来之外，爱最真情的人，喝最烈性的酒，内心孤傲不羁，在千军万马里平淡从容，在声色犬马里云淡风轻。一方院落，一间瓦屋，一卷竹帘，一瓶插枝，一道茶烟，缓缓从光阴深处走来，眼眸清澈，鬓发微霜，做一个安静的看客，把时间花在喜欢的事情上，内心宽阔如空、澄澈如露，眉目淡喜清欢，如窗前草木修竹，朴素，坚韧，干净，任细雨湿衣、闲花落地。

常读木心，内心洁净如洗。先生与世界交手几十年，没有老气横秋，依然于烛光之上、月光之下吟诵诗歌，到老也不愿精明练达，要把这气用在喜爱的艺术上，而不是败泄在生活、人际关系上。自己裁剪制作衬衫、大衣，自己设计制作皮鞋、帽子，把鸡蛋做出十二种吃法。把灯芯绒直筒裤缝制成马裤，钉上 5 颗扣子，用来配马靴。即使穷得房租都交不起时，也是精神饱满，充满热爱，山花草木，随处可见，热血不在，情怀不散。

"万头攒动火树银花之处不必找我。如欲相见，我在各种悲喜交集处，能做的只是长途跋涉的返璞归真。""保存葡萄最好的方式是把葡萄变为酒，保存岁月最好的方式是把岁月变成诗篇和画卷。"他就这么尊贵地活下去，永远都是赤子之心，此生都是春风少年。

隔着几百年的光阴，我也爱上了一个叫李渔的人，爱他的风雅，也爱他的风情，爱他的情趣和温暖，也爱他的危险。陋室，小院，繁华灼灼，我看见他摇头晃脑地说，"富贵之家如得美人，园内应遍植名花，她可晨起簪花，随心插戴"。他曾帮一个官员选妾，三个女孩子，突然叫她们的名字。一个马上直眼答应，一个低了头答应，最后一个走了一步，又回头轻声答应了一声。他说："就第三个，风情啊。"

那个人其实很坏，但爱一个人是没有办法的，再坏也依然会爱。

一个人若是执拗起来，可真是没有办法。很多事情没法改变，到老也不变。还是喜欢骑自行车，听链条和盘壳摩擦时哒哒哒的响声，喜欢拨车铃，坐在后座把腿支在地上，喜欢仰面朝天，让皮肤与风的肆意嬉戏，喜欢风一样来去的自由随意，喜欢怀里抱着吉他，羞涩地站在台上像朴树那样轻声吟唱：我在这里啊，就在这里啊，惊鸿一般短暂，夏花般灿烂……

冬雷阵阵，夏雨声声，那年匆匆，来去无凭。多少年后的梦境，还存储着记忆里的一个个夏夜，小院里，花开正艳，树影斑驳，凉风习习，窗里灯光昏黄，一个剪了短发的女孩子流着眼泪，整夜整夜地写情诗，写日记，写她的清白之年，翻以前的旧磁带，在小本上抄歌词，对着风里唱歌，吹口琴。

那样的画面隔了光阴的尘埃，却依然在心里闪着光芒。

村上春树说，要做一个不动声色的大人了，不准情绪化，不准偷偷想念，不准回头看。去过自己另外的生活。你要听话，不是所有的鱼都生活在同一片海里。我愿就这么过着，门前田野里，拔节生长的麦苗、迎风盛开的油菜、皎洁带雨的梨花，光阴百代，做一个借居在光阴里的旅者，天地万物，皆有归处，用时间打磨后的清亮，流年倥偬后的轻简，一颗心携着尘世风霜，去安顿自己人生的去处。

阳光下，是干净的清凉，清凉的干净，是一颗干净无尘的少年心，看春风不喜，看夏雨不愁，看秋风不悲，看冬雪不叹，我在这里啊，就在这里啊，到老都是一片赤诚，到老都是春风少年。

「 一碗人间烟火 」

我喜欢掩藏起一颗俗艳的心，悄悄沉醉于这一碗人间烟火。

在蝉嘶鸣的午后，于瓜架下踱步，看一条条嫩而细长的丝瓜从肥厚宽大的绿叶子探出，或从谁家的阳台、窗户间垂吊了下来，偶尔还躲闪一两只金黄色的小花。兀然就扑进眼帘，内心就会欢喜地荡漾起来。轻轻扶住蔓，摘下一只丝瓜，以蒜蓉清炒，绵滑爽口，或是热油煎炸，炸得外焦里嫩、清淡香甜，立刻有了那种"吃饭端碗，闲事不管"的满足和惬意。

门外大通巷，傍晚时分最是热闹：铁板鱿鱼，潼关肉夹馍，小龙虾，蒸碗，熏肉大饼，馄饨，麻辣粉，一幅清明上河图的繁华模样。我会安静地等待一份油炸小土豆，待烤得滋滋冒油了，老板熟练地将辣椒粉、五香粉、胡椒粉洒匀，看它出了油锅，就迫不及待地用牙签扎着吃，不怕烫，张着嘴舌头来回倒腾着，三下五除二就下了肚。

小巷还有宜人风景：男人穿背心、宽裆裤、趿人字拖，嘴里叼根纸烟，像火云邪神。女的却像是包租婆了：着宽松纯棉睡衣，挽着蓬松的头发，左手挎一只小手袋，右手搀着自家男人，在夜市荧光灯下淘两双袜子，回家顺手稍半个西瓜，俗语说，"夏日吃西瓜，药物不用抓"便是最好的消暑解渴之物。

因为天气的原因，夏季的吃食有些颠倒了，早上吃得像乞丐，中午吃得像平民，到了晚上，却是胃口大开、大快朵颐，啤酒肚也渐渐起来了。

看汪曾祺老先生的"贴秋膘"，知道即羊肉要秋天才好吃，大概要到阴历九月，羊才上膘，才肥。羊上了膘，人才可以去"贴"。

秋天最有滋味儿的就是烤肉，小竹签肉嫩而细致，烤筋肥瘦相间，尤喜肥的那处，冒着烫油沫儿，吃来口感柔滑香甜、最是过瘾。新开的买买提烤肉也不赖，肉串大、料足、油多，老板娘还会亲自给客人跳一支优美舒展的新疆舞，偶尔人群里也会走出一男子同跳，舞姿亦矫健有力，别有风味。

也常和朋友在巷子口露天地里吃烤羊腿，羊腿架在火上，自己刷油、刷调料，桌上是胡椒面、辣椒面、盐巴等调料碟儿，一边烤、一边吃，很有乐趣。但有一天，看见一只羊卧在肉架子旁边，一身漂亮的白色卷毛，犄角上绑着红布，耷拉着眼皮，很没精神，那种安静的绝望让人不敢直视，人还在磨刀霍霍。那时心里很不自在。于是每天路过眼睛都要瞟过去看那羊，担心哪天不见了，进了我们的肚子，我还会拍手叫好。还好，它虽然精神不济，但总是天天卧在那里，直到那摊儿搬走。但自那以后，吃烤羊腿的次数是减少到零了。

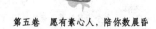

天气凉下来时，最适合煲汤了。荷莲一身宝，秋藕最补人，就煲莲藕花生猪蹄汤吧。莲藕去皮，猪蹄去毛，洗净切小块，与花生一起放汤锅内，加水，大火煮开，浮沫撇去，盖上锅盖，再小火炖一个多小时，加盐调味，莲藕的粉甜、花生的香糯、猪脚的柔滑，组成了这道女性养颜靓汤，简单省事，又营养健康。然后用白瓷碗盛，一次只盛一勺，在盛一碗又一碗里感受着生活的富裕和优渥。

先生是山东人，山东人和陕西人在吃食方面也比较相似，不排斥大米，也喜欢面食，保持着对陕西裤带面、麻食、旗花面等的好奇与欢喜，此外，他还钻研了一些新的菜品做法，比如酱油香油香菜根儿、酱油泡香葱、酱香蒜瓣儿，等等，花样百出，之前是不知香菜根儿可以吃的，不承想这么别有味道，让人味蕾大开。

至于烙煎饼，更是得心应手了。下班回家，先熬红豆稀饭，一人打鸡蛋、和面水、剥蒜、砸蒜，一人洗切土豆丝、葱姜丝。烙煎饼是个技术活儿，面水要抡圆，还要烙得薄厚均匀，翻的时候也不能烂，这个也得由先生来。一分钟一张，又薄又酥脆，再卷上青椒丝葱丝土豆丝，蘸着我亲手制作的蒜汁儿，味道过瘾、绝配。

印象很深的是，一次和先生去菏泽的小饭馆，他点了一道菜，叫鸡蛋蒜。鸡蛋怎么能和蒜搅在一起？乍一听这菜名，不仅有点不伦不类，还有些岂有此理。但浅尝了一口，便放不下筷子了，鸡蛋的腥味儿恰好地被蒜味儿所遮盖，鸡蛋的柔、蒜的辣、油的香恰到好处地混合，不一会儿就吃了个杯盘狼藉。

"萝卜上市，医生没事"，到了冬季，一定是要吃萝卜的。从地里拔出来，抖掉泥土，清洗干净，不论是腌、炖、煲，还是炒、煮、凉拌，都是最好的菜肴。冬天，白萝卜和鲫鱼，也叫"二白"，佐以料酒、精盐、味精、胡椒粉、葱、姜熬炖，白萝卜浸在奶白色的鱼汤里，只是看着，便心旷神怡了，至于营养，当然也无须多说，要不怎能叫"小人参"呢。

近两年迷上了铁锅炖。常在大雪纷飞的天气里和朋友相邀，去东郊纺渭路吃大灶台。灶是青砖砌成，地下通着管道，油烟全部顺管道排出。锅底的料是秘制的，生意很好，需提前一天订餐，肉也需要三四个小时才能炖好。点的鸡爪、排骨、牛尾一起下锅，一个小时，吃鸡爪，肉嫩，味香，两个小时吃排骨，肉烂，入味，三个小时吃牛尾，劲道，大气，有层次地吃，每层有每层不一样的味道。吃完肉，肉汤里煮菜、下面条、吃锅盔。

前来的人常啧啧称奇，这个地方方圆几里没有人烟，却突兀地出了一家饭馆，生意还如此红火、顾客络绎不绝，很多人想如法炮制，却都没有这番景象。后来才知，人家这锅底的料秘制，三代祖传，独门绝技，一般人又怎能破解学来呢。还是只管吃的好。

我常常在春天和先生开车到农村，从冰雪渐消到春暖花开，槐花、荠菜、白蒿、榆钱、马齿苋、车前草、灰灰菜、野蒜，每个时间段都有不同的时令菜，慢慢挖，细细品，哪个不是清香可口呢？若是在沟畔摘一抱野花，回家插瓶，立刻春风拂面，蓬荜生辉，那心里啊，就美得发痒呢。

「 尘俗深处得闲境 」

麦子开镰时,一串串大杏也由青变黄了。

前脚一踏进院子,就看见母亲正站在梯子上,伸着胳膊在枝叶繁茂的杏树上摘杏,能想象近七十岁的老太太上树是什么样子吗,颤巍巍摇晃晃,看得人胆战心惊。

母亲去年搭梯子上树够洋槐花时,还有人偷偷录了视频给我看,笑着夸老太太厉害,可把我吓得不轻,我赶紧打电话阻止,未果。结果,第二天她自己又上树,从梯子上摔了下来,还好没大问题,但已经快把人的魂给吓掉了,好不容易将养了几个月,好些了,现在又上树。你说人老心不老,也得有个分寸不是。

赶紧连哄带骗从梯子上把母亲扶下来,母亲却有些着急,嘟囔着说今年的杏可惜了,真是可惜了。

可不是嘛,院子里滚落了一地的杏,黄里透红,有些摔成了麻子脸,有些摔成了脑震荡,有些粉身碎骨,成了一摊一摊的杏泥。压架藤花重,团枝杏子稠,院子这棵杏树,轻轻碰一下,杏子就啪啪啪掉下来,满院子都是。

母亲说，早上刮了一阵风，她跑去院子里一看，结得太繁的杏树枝早已被折断，落了一地的杏儿，她舍不得让杏子坏到地上，就捡起来，筐里，瓮里，盆里，都是红红黄黄的杏。堆得和小山包一样，也真让人发愁，这几日母亲就提着筐筐篮篮去七大姑八大姨家送杏。

我一边听母亲说着，一边吃了六七个大甜杏，嘴里还念念有词，"只要想起一生中后悔的事，大黄杏便落满了南山。嘿嘿"。

这次回来，美其名曰帮家里割麦，其实还不是游山玩水来了。走到麦地，抢不到两镰，胳膊就酸疼，手就磨起泡，只能拿着手机东拍拍西拍拍。爬墙、上树、扣门缝、折花枝、抓蝴蝶、玩狗、逗猫，精通得很。

其实这也不怪我，谁让乡下的日子安稳得让人不思进取呢？

风拂过树叶哗哗地响，蝴蝶在黄瓜花上飞来飞去，农具摆放在屋檐下发着冷光，起了毛的架子车皮绳耷拉在半空，打了铁皮补丁的车挡板发着光，还有一些长着长尖的麦芒的麦穗夹在车的缝隙，连同雪白的棉絮，岁月静好的痕迹如此明显。

这田间风情也没得说呀。宝蓝色的麻野雀从粪堆倏地飞到树梢，站在高枝上蹦着、叫着。小路，田地，土堆，树木，远山，都是画呀，这风、花、墙、瓦，都是一家子，你陪着我，我陪着你，亲密无间，默契十足。红砖墙、青砖墙，是最好的背景墙，红月季和它们是绝配。不论哪个角度什么天气，总有一丛在墙角，鲜艳着，静默着，互相爱慕。还有撑杖花与柴堆、转红花和破缸烂瓮，打碗花和瓦渣片片，也都是绝美的风景。

在外打工的父亲也回家收麦子了。这次没有坐长途车，竟然骑了一辆青绿色的自行车回来。说是别人搬家要丢，他看着车架挺好，就花了四十块换了轮胎和车座，大老远从大西安城把车骑到老家蓝田，从早上骑到现在整整四个小时，直喊骑得膝盖骨疼，让母亲给他揉。母亲嗔怪了几句，揉了两下，他就乐呵呵站起来，抬抬腿，说好多了，竟然不疼了。

午饭，是父亲吃了一辈子还爱吃的油泼面，将油泼在葱花、辣子面、盐、醋和热面上，刺啦一响，香味直往院子外面蹿。父亲蹲在房檐下，先剥了一头蒜捏在手心，然后左手端碗，右手用筷子把面挑起来，吹一吹，翻一下，再搅一搅，再挑起来，吹一吹，就囫囵地把面放嘴里，一边嚼着面，吸溜着，再"咔嚓"咬一口蒜，看得人真眼馋。

门口挑着扁担喊着"卖香瓜"的是隔壁村子的福旺叔，比犀利哥更有范儿，精瘦的高个儿，戴着一顶大斗笠、裤腿卷到膝盖、左边高右边低，笼里插的纸片上还时髦地写着"瓜念你"，瓜一斤两块，便宜，随便尝，不甜不要钱。可是既然尝了，谁还好意思不买个两斤三斤的。这家卖完，他就挑着咯吱咯吱的扁担一晃一晃地往那家去了，那姿势跟走台步一样，有韵律，有节奏，又悠闲。

吃完午饭，掩上大门，看树影斑驳地拓在地上与风嬉戏，调皮的鸟儿把白花花的屎甩在院子，自顾自飞着、叫着。又大又圆的青核桃两个三个挤在一起，满树繁华。父亲躺在屋里凉席上休息，起了呼噜声。准备待太阳下去，就拉起架子车去地里割麦子。庭院草深遮蔽，路径不识，鸟儿时来啄食，后面菜地里，黄瓜、西红柿、葡萄架都用粗壮的树枝搭得整齐又漂亮，一窝窝的茄子刚浇了水，长势正好。

傍晚时分，清风拂过山冈，一家人在地里干活，夕阳山外山，溪水渡旁渡，纵使无言，亦觉温暖直抵心头，不禁慨叹，若身外有四时，心内无寒暑，便可以胸怀天下了。

「 我们的小春日和 」

正在外忙碌，笨聪打电话问针线在哪儿。之前衣服破了都是他自己补，针脚比我的精细，反倒显得我手脚笨拙。这次待回家一看，原来在改造自己的拖鞋。

也怪我，买了六双拖鞋，三双男式的，长度是勉强够了，宽度却有些问题。买回来的拖鞋都有些小，他脚形宽大，即便用剪刀剪成 "V"字，也只是五只脚趾勉强伸了进去，脚后跟还是露在鞋外。而且穿得时间长了，那个 V 字已经被全部扯开，他正灵巧地穿针引线、左穿右引，用线把左右两边的鸿沟缝合起来。那线，却是红红绿绿的彩色丝线，缝在烟灰的皮面上，竟有几分典雅的意味。

他明显对自己的成果很得意。买来西凤七两半，让我陪他喝。我觉得辣喉，他却 "吱儿"一口 "吱儿"一口地，喝得有滋有味，让人羡慕得不行，只得倒了白水和他碰杯勉励。

其实我也是沾酒的，只是独独喜欢日本的清酒。前日在大唐西市物色了一套福建清泉套杯，豆绿色杯身，白瓷板边，哑光清淡，正适合我饮清酒。傍晚，笨聪转了好几个超市买到松竹梅，回家烫了，切了三文鱼片和青瓜寿司，我们斟了两杯，我说了一句"谢谢笨聪先生"。他说，"康老师辛苦了"。小杯一碰，两人会心一笑。

我们两人都可算是不思进取的人，对生活要求不高，上个班，养株草，栽枝花，喝杯酒，写首诗，就很满足。我也相信，好生活并不是用钱买回来的，而是需要用心经营得来的。只是本人好高骛远而又骨骼清奇，平常在他身后，跟随他的指派生活，自己十指不沾阳春水，但关键时候也会露一手，就会惊掉他的下巴，比如烧开水会把锅底烧掉，熬汤把汤熬干，然后等着他来收拾残局。

对于菜肴，他常说我是兔子，只吃带叶的，比如白菜和青菜，但在笨聪先生的谆谆诱导下，也广纳贤菜了。他做凉菜是一绝，用料清淡，合我口味，清水秋葵青芥辣，洋葱木耳芝麻酱，白菜毛豆花生米，渐渐都成最中意的小菜轮番上桌。

我不擅长做菜，但也并不打算下功夫学习，术业有专攻，他负责做，我负责夸，分工不同、实行差异化管理，这日子倒也平和安稳。

家里的大事通常是我做主的，比如购置房产，乔迁新居，旧屋处置，财产分割等，但这样的事情七八年也不一定会发生，多的反而都是细细碎碎：早点吃什么，油条豆腐脑还是牛奶鸡蛋？下班去哪里，看电影还是去公园？周末出游，开车还是坐地铁？夏天到了，T恤买白色的还是红色的？一切都由笨聪先生指挥，唯唯诺诺，言听计从。

他会写诗，写诗夸我，当然也损我。我会写文章，可都是夸他。我习惯宅在家里，写点东西，翻着书，他打篮球。让我跑着数圈儿。一个人跑步有什么意思。就偷偷在铁网外面，看着他和一群大小伙儿抢篮球，就感觉挺开心。

笨聪侍弄各种植物，栀子花，铁线蕨，君子兰，都被他养护得生机勃勃，整个阳台四季灿烂。回想起来，我种过的唯一成功的就是大蒜，用喝过的回民街酸奶瓶儿，从花盆里扒拉两把土塞进小瓶，再弄两瓣蒜按进土里，浇水。三天，小白瓷里就发了嫩芽。我高兴得手舞足蹈，他却一顿耻笑。再过两日，蒜苗呼呼长起来，青翠笔直，有水仙之风，谁知被笨聪两指一掐，洗了洗，毫不客气地放嘴里吃了。

前两日，他去工地巡查，看推土机马上就要推掉墙角的一簇橙黄色和粉红色的月季花，他立刻跑过来制止司机调转方向，轻折下来几枝花，用矿泉水瓶插着，让人放到我办公桌上。又和我约好，待下班去挖花。傍晚时分，天下白雨，我们拿着铲子和黑色的塑料袋冒雨去挖，淋得湿漉漉的，塞满了后备厢，连夜拉回老家，挖坑、培土、浇水，折腾到晚上一点多，才安心休息。

夏天，我在门口夜市上看到了蚕沙枕头，花色很漂亮，给笨聪买了回去。问他，"你知道什么是蚕沙吗？"他说，"是一种沙子"。我说，"其实就是蚕屎。"他说，"怎么买屎给我枕呢？"我捧起枕头往他鼻子面前凑，"你闻闻，什么味道？"笨聪不听，皱着眉头往后躲了躲，我示范着对着枕头深吸了一口气，说"蚕沙本来就是一味药材"。他这才听话地闻，晚上枕着蚕沙枕，"很清爽的中药味儿、青草气儿，不错"。

周末和他回老家，麦子已经收割晾晒入仓，清晨起来和老父亲拉着架子车、带上农具一起去地里种苞谷，要用拉犁拉一行，种一行。拉犁是个力气活，还必须要拉端正，笨聪负责。点苞谷种子也不是随便扔两颗，都是有讲究的，半尺点一粒，我从地头点一行过去，就直不起腰了。笨聪拉完犁还得回头，检查我点的种子有没有在犁沟内。

　　我开始坐在地头看空中的飞鸟，听田地的风声和满地里虫的奏鸣。随着日头一寸寸升到头顶，地里湿气蒸腾，太阳晒得人皮疼。笨聪从兜里掏出紫色的小洋伞，指头轻轻弹了我的额头，说，"好生打着伞，小心把我的康大小姐晒坏了"。我嘿嘿干笑了两声，继续在地头拍沟畔风景，拍蓝田白云、麦茬荒草土疙瘩。然后看着他把种子一窝一窝种下去，再用脚把土踢到上面盖上。

　　时间一分一秒过去，这样的初夏，太阳的味道也是香甜的，树叶绿得要榨出汁来。

　　有空闲的下午，笨聪和我用玻璃茶具泡了金骏眉，晒着暖阳，吹着微风，恨不得一下子就到七老八十。日子呢还是一样的简单，但我们都在努力把简单的日子揉捻成小花，戴在头上，即使时光老去，也散发着清淡的香味。

「 尘世中最简单的幸福 」

人心是不待风吹而自落的花。

读到吉田兼好的这句话时，心像是被鞭子轻轻抽打了一下，美好而悲伤。

世间最难以捉摸的，怕就是人心了吧。见染丝而悲，见岔路而伤，脆弱得如路旁摇摆的野草，风吹雨淋雪覆都会教人心旌神摇。

岁月多磨，如何相爱的两人，日子过久了，也难免生出罅隙，其实，人生何必如初见，但求相看两不厌。

依着习惯，她烹茶浇花，他熬粥煮饭，一米一蔬，已是隔绝了一切交际，日子平淡得几乎无聊。

他说，好无趣。
她说，那该怎样？
他说，还能怎样，凑合呗。

说完，他烧了热水，灌了暖水袋，塞进怀里给她暖手。

乍见之欢，不如久处不厌。很多时候，比爱一个人更重要的是，如何去爱一个人。长长的相处，不如永久的别离。两人相处，能有一份"真"便也难得。何况，亲人之间，无须每句话都要深思熟虑，无论对人对己，坦率坦荡都是一种良好的品质。

岁月极美，在于它的必然流逝。日子每天都是一样的，于清晨里各奔东西，黄昏时分，又回到一个屋檐下。每天又都是新鲜的。过去的不再重来，人们又牵手多走了一日。可终有一天，双手撒开，人们终究不会再见。

春花，秋月，夏雨，冬雪，应时而过。春风不解心事，人生如飞蓬流转，生命里的珍贵之物，亲爱之人，如豁然掉落的梳齿，一样接着一样，一人接着一人，从你面前消失，山水迢遥，落木萧萧，缘起缘灭，又岂是谁能把握得了？

人生这盏茶，本就是越喝越凉。世间很多男女，明明说好与子携手，白头至老，谁知半途相弃，没有一句理由，多少爱情，都以花红柳绿开始，以秋风画扇结束。

"胡兰成张爱玲签订终身，结为夫妻，愿使岁月静好，现世安稳。"一纸婚书，一生盟誓。即便张爱玲为爱情低到了尘埃里，胡兰成也未曾珍惜这朵开在尘埃里的花，转而移情于周训德。一段感情地草草结束了，另一段感情酽酽地开始了，岁月静好，现世安稳，终究成了一道令人心痛的闪电。

　　几十年的岁月里，姹紫嫣红，人世风霜，不断变幻的际遇里，感情无端来去，一来一去乃自然，一起一灭是禅法，偶尔的摇摆和动荡，又何其平常？

　　得知司马相如有纳妾之意，才女卓文君为司马相如写下《怨郎诗》和《白头吟》："皑如山上雪，皎若云间月。闻君有两意，故来相决绝……"字字思，句句念，深情切意，使司马相如回心转意，最终断了纳妾念想，和文君恩爱如初。

　　佛说，缘深则聚，缘浅则分，万法随缘，但终究，人都求得这样的圆满。

　　琴棋书画诗酒花，当年件件不离它；而今七事都更变，柴米油盐酱醋茶。世间最长情的告白就是陪伴，爱人在侧，心无尘埃，既然，你是我生命里的过客，我是你生命里的路人，何不好好走过这一段时光，不如你做黑天的雪，我做夜里的月，把彼此照亮，将朴素的日子打理得闪闪发光，颐养一段诗意，把灵魂安放于每一个日常，琴瑟在御，莫不静好。

　　一朝一夕有烦扰，一粥一食有暖凉，一索一取有得失，其实，人生就是手里这一杯热茶，存一份真情，足以取暖。若是看透了，堪破了，才知道，外面山河如何好，终究是好不过心里的山河。青山不老，为雪白头。真爱，或许就是下了一场大雪，一旦经过，便要痴心守到白头。

冷暖交织、五味俱全是生活真味，每个人的心底都有一道伤痕，如这无风夜里沉积的雪花，小心不去碰，慢慢也就覆盖了。想一想，你走过了万水千山，我经过了百转千回，最终我们，还是相遇了，这一刻，所有的辗转都值得。

流光容易把人抛。红了樱桃。绿了芭蕉。相处的时光说长不长，说短不短，春来种花把锄，夏来赏荷听雨，秋来桂花酿酒，冬来红泥火炉。如今，两个相爱亦有共同爱好的人，每日读读书写写字，让内心清雅明亮又深沉持重，流年再寂寞，有你陪我，有我陪你，以文字知心，以诗书解意，何来无趣？

即便老了，待岁月染白了头，你还记得我，我也记得你。一回头，锅碗瓢盆，柴米油盐，这些最平凡的情感恰恰是最珍贵的幸福，在素常如水的日子里，我们轻轻走过，走过细雨霏霏，走过风雪漫漫，一直到走不动的那一天，我们拄拐倚杖，在夕阳的余晖下看光阴静静流淌，悠悠百年倏忽。

浅喜似苍狗，深爱如长风，《金刚经》云，过去心不可得，现在心不可得，未来心不可得。今生，也是最后一世，渺渺红尘，人潮人海，只愿你我，心无挂碍，珍存当下，便是尘世中最简单的幸福。

「 闲来无事，讨碗茶喝 」

十月半，秋雨霏霏，我们在景洪市一条街巷的茶店品茶。

老板是位中年女子，粉红 T 恤，黑皮肤，没有太过热络，轻轻点头，招呼我们落座品茶。她的小儿子正爬在茶台上做作业，见来了客人，自觉将书本作业挪到里间去写。

货架、茶筐、纸箱里都是不同年代和品相的茶，绣球滇红、布朗山茶、南糯山生态茶、老班章等琳琅满目，南瓜、窝头、小碗、饼状造型的不一而足，还有很多高中低价位不等的散茶。想要摒除低劣的台地茶，买到上好的高山纯天然古树茶，只有靠自己慧眼去选。

围着茶台坐下。桌凳敦沉厚实，茶盘金黄油亮，估摸是缅甸黄金樟。

我们点名要尝景迈古树茶。老板微笑，刚好有今年新下来的春茶。

白瓷盖碗，烧水，水沸，洗茶、沏茶。

端杯轻嗅，一股温润清新的茶气飘进鼻息。这一泡，茶汤清浅透亮，入口，微苦涩，香味清淡舒服；再泡，茶味高扬，浓烈放肆，口舌回甘；再泡，茶汤深红，口感醇厚，滋味绵延；再泡，汤色油亮、气韵芳香、回甘生津……

老板说，这古树普洱，可泡二十泡，年岁越久，茶味儿越浓，茶汤越厚。而我们，啜饮三杯，就已脸红手热、步履沉重、小醉微醺，但口舌间对那茶汤还有着缠绵不息欲罢不能的瘾。

我记得有人说这普洱茶第一泡是"人生若只如初见"，第三泡"豆蔻梢头二月初"，第六泡"最是橙黄橘绿时"，第九泡"意犹未尽不思还"……可我们却觉每泡都各有滋味，泡泡都精彩，完全无法分辨第几泡更加迷人了。

再尝熟普。苦涩退去，香气尽显，并且茶汤醇厚，香甜持久……那是自然了，在群山环抱，山峦叠翠的"千年万亩古茶园"，几百或上千年的古茶树本就拥有着天然的神韵和灵气，而生茶陈化、熟茶焙炒的过程中，那些独有的东西依然伴随，人品饮老茶时，依然能够品味到它高香或绵甜的神韵，与其神意相通。

茶亦醉人何必酒，书能香我无须花。再听一听那老板讲的古茶树与茶人的故事，便更叫人心动了。每人买了几两，荷包出门。

天麻麻黑，民航路上的路灯被绿色藤萝包围，椰子树高高矗立、遮蔽屋顶，街上电摩来来往往，一个穿淡蓝色连衣裙、白色高跟鞋的年轻女子在思茅二中鸡脚店买了微辣的鸡胗、鸡脚、鸡翅和老挝黑啤，举包遮头穿过雨雾，不知从哪个角落传来的循环播放的老歌，"在年月深渊望明月远远，想象你幽怨。俗尘渺渺天意茫茫，将你共我分开。断肠字点点风雨声连连，似是故人来"。街道水洼亮闪闪的，恍若梦中。悠悠凉凉的，那种小情小调简直要迷死人。

一个卖电动车的商行老板，见我们未打伞在雨里溜达，喊着"哨哆哩、猫哆哩（傣语：美女、帅哥），坐坐，喝茶嘞！"

一张简易的小木桌支在屋檐下。桌上是新泡的普洱和切好的小块酸木瓜，一包辣面。

老板用牙签给每人扎一块，蘸了辣面递给我们吃，我们酸得直嘬吧嘴。

串串雨水从屋檐掉下来，颗颗砸碎在脚边，我们坐在檐下闲聊。老板的车行生意一般，却也不赶不急，他说，世上总有干不完的活，挣不完的钱，急什么。于是每日都是打理小生意，喝喝茶、看看雨、说说话，少了份浮躁，多了份闲心。

轻抿一口茶，让那一缕清香在唇齿间辗转，鲜爽甘甜，气定神闲。心静了，很多纠结的事情也变得不再纠结了，原来，喝茶最看重的，就是这份闲适、这份安宁。

品茶是一种乐趣，也是一种领悟，人生恰如煮茶，火候到了，滋味自然也有了。

"不羡黄金罍，不羡白玉杯。不羡朝入省，不羡暮入台。千羡万羡西江水，曾向竟陵城下来。"不由想起了陆羽的《六羡歌》。

我想，每个小小的茶仓里，都承载着宇宙和自然，你坐在那里品的是茶山上的雨露和草木，心灵会慢慢沉淀下来。所以很多人喜欢"泡茶馆"，一泡就是一天，聊天，读书，写字，消磨时间。茶是雅物，亦是俗物，本就和光阴纠缠在一起，沾染了人间烟火，正因如此，才叫人爱得入骨吧。

人来人往的小城，细雨微润街道，街边桥上、拐角或阴影处有人卖菠萝、柚子，街道两旁的朱瑾花开得正艳，日子就这么闲闲散散过下去，安静得如这一滴雨，隐于红尘，天荒地老。

抬眼看了下暮色里朱漆的"茗香阁茶楼"，心想，若有一天，我也能在临水之地置间茶舍，窗外细雨潺潺，屋内炉火融融，我抱一卷旧书，修一时清简，把万事抛开，坐下来沏一壶好茶，闲闲品着，亦是好的。

「 愿有素心人，陪你数晨昏 」

一盏茶，两卷书，几粒果，时间向后推移过去；一个转身，四目相对，时蔬清炒，便是一日的修行。这世间的情爱啊，纷纷扰扰，真真切切，说复杂也复杂，说简单也简单，无非是，风里的衣，雨里的伞。所遇良人，亦无非陪伴二字，以前的粗茶淡饭从不曾嫌，以后的日子，也愿意统统给他，听他调遣。

大半辈子过去，回头看看，满世界都是人啊，可是掰着指头细细一数，多少人都渐次隐去，好似一生只认识了这一人，任时光辗转、将一切淹没，一敛首，他在眼前，一低眉，他在心底，那好、那坏、那笑，那柔如水、坚如钢，都有姿态、有温度，是夏日的风、冬日的暖啊。

睡前的一杯薄酒，晨起的一碗素面，午间的一锅老汤，你嗓子疼，扁桃体发炎，他采了合欢花熬汤给你祛火。到了冬天也不怕麻烦，灌了暖水袋捂着你寒凉的胃。一起吃饭，他端起酒杯，笑着对人说"她不能喝酒"，悄悄替你把酒干了。还有啊，无论你煮的饭多差，他都说味道不错，写的文字多不好，他都主动打赏，即使你强大到无须人陪，他也视你如掌心的宝。

平常的相处，没有跋山涉水的全力以赴与不管不顾，却有着洗尽铅华后持续不断的小满心安，那样朴素的情分，走过了熙攘喧嚣，经住了日常米盐，小滋小味、小情小爱，说来似无意，却长长久久、把人心磨得软软的。

小小一间房，你们一起煮饭，浇水，扫尘，泡茶，负暄，写字，画画，他是你的软肋，也是你的盔甲，让你千军万马，也让你海面初平，两人日复一日，一起把光阴熬成一锅老汤，年复一年，担风挡雨相扶相搀，不讲条件亦不留后路。日子虽然平淡无奇波澜不惊，但眼前有山水，头顶有星空，不管外面的世界多么逼仄拥挤，也给彼此留有一处空阔疏朗之地，安放那颗疲惫倦怠的心灵。

朱生豪在给宋清如的信中说，"要是我们两个一同在雨声里做梦，那意境是如何不同，或者一同在雨声里失眠，那也是何等有味"。是呀，两人吟诗作画，携友纵酒，布衣菜饭，终身可乐，在家常世俗，享浮生清欢，平实的小日子，散发着素朴的光芒。想一想，所谓幸福，不过是，有人叮咛你早睡，有人给你道晚安，生活的这杯白开水，和你一起喝，每个日子珍惜着，一过就是一辈子。

人说，爱一个人就是这样，你在身边，他是一切，他不在，一切是他。但爱一个人亦是，他在，是喜悦的人吃茶，苦也是甜，他不在，是寂寞的人看花，再美也是与己无关。

爱的滋味，尝起来淡淡的，只不过是几十年的陪伴罢了。曾经，总想江湖策马，去看外面世界的精彩，而今，却觉江湖太远，只想守一寸天地，平平淡淡，将这日子一页一页翻过去，陪他吃很多很多的饭、说很多很多的话，陪他看山河岁月，也陪他细水长流。生活这回事，常看似顺理成章，实则相当离奇，就这样不经意间改变了一个人的心，上一分钟吵嘴，下一秒就和好，人生短短，一分一秒不愿意错过。

统统放进怀里吧，那些令人耳红心跳的话，说一句，少一句，还是储存起来，慢慢说，细细讲。如果爱，也爱得浅一些，爱久一些吧，毕竟，瞬间的繁华抵不住岁月的平淡，所以，温一壶酒吧，让月色落入杯盏，让爱沉寂如水，悄声无言。

林清玄在《玫瑰海岸》里讲，"爱情就是爱情，即使当柴烧也是美的"。可不是嘛。两人坐着，可以说话，可以不说话，说话时，是桃花装点了的春天，不说话时，是净雪压住的青山，说与不说，都是白纸黑墨，是爱的内容，那些美好旖旎，静美如诗，一直都藏在心里。

好的情分是这样，会让你与好的东西见面：好事、好情、好景、好物、好山、好水。内心平和安静了，常与自然亲近，也少了些许纠结，淡泊，而微喜。此时观山，山有山的气象，观水，水有水的风韵，而两人，可在这山水之间，小村一隅，开一扇轩窗，建一汀水榭，置满架花木，藏书画满屋，盛皎皎明月，留风荷新露，慰内心寂寥，伴细水流年，在渐老的光阴里，安静从容地过活，无妄无求，不躁不争。

如今，多少欲望都消减下去，最想做的事啊，不过是执子之手，在繁华尽处，冬日江湖佐酒，春日赏桃花春风，夏日看星辰尽毁，秋日看万叶凋零，一山一谷，一路一屋，安之若素，晨钟暮鼓。夜色阑珊、万家灯火，名利如浮云，斯人若彩虹。

　　流水年月，有几个死生契阔的轰轰烈烈？只不过是一些柴米油盐的琐琐碎碎罢了。再说，一生里能有多少大事呢？唯愿在最清素的晨昏里，不惊不扰，安守本分，于时间的河流里，与懂得的人澄澈相望，一生可思，可念，可想。